Jessie is an aspiring actress who has moved to London to try to make a breakthrough into the big time but is finding the going tough. She has to work in a hotel to make ends meet and is about give up when she stumbles, with the help of her friend Curtis, on a novel way of using her acting talents for gain. Jessie's series of imaginative 'scenarios', designed to help her clients through sticky patches in their lives, are brought alive vividly in this entrancing tale.

In *Cleasan a' Bhaile Mhòir,* Catriona Lexy Campbell has created a wide range of interesting characters and relationships, which she describes with humour and not a little insight. There are also exciting incidents which help carry the story along at a gripping pace. And underlying it all is a tender, understated love story.

Jessie's story is told in her own words, in a colloquial form of Gaelic which will enhance its appeal to both fluent speakers and learners. There are chapter-by-chapter glossaries and summaries to help the latter.

Catriona Lexy Campbell, herself a young actress, is one of an exciting new wave of highly talented young writers to have come to the fore recently.

CLEASAN A' BHAILE MHÒIR

Catrìona Lexy Chaimbeull

SANDSTONEPRESS
HIGHLAND | SCOTLAND

The Sandstone Meanmnach Series

Cleasan a' Bhaile Mhòir

First published in 2009 in Great Britain by Sandstone Press Ltd,
PO Box 5725, One High Street, Dingwall,
Ross-shire IV15 9WJ, Scotland

Thug Comhairle nan leabhraichean tabhartas barantais
airson sgrìobhadh an leabhair seo, agus chuidich a' Chomhairle
le cosgaisean an leabhair.

EDITOR: Dòmhnall Iain MacLeòid

LAGE/ISBN-10: 1-905207-29-8
LAGE/ISBN-13: 978-1-905207-29-9

Cover design by Rasperryhmac, Edinburgh.

Typeset in Plantin Light by Iolaire Typesetting,
Newtonmore, Strathspey.

Printed in Great Britain by the MPG Books Group,
Bodmin and King's Lynn

Contents

Story Outline

Jessie is a young Gaelic-speaking woman who has come to London to try to make a breakthrough as an actress, but it is proving harder than she thought. She has been working in a hotel for some time and had been on the brink of going back home when she came up with a bright idea for making money. It involves using her acting skills but in an unorthodox way.

1. The first chapter begins with Jessie engineering a scene aimed at bringing her boss, Meryl, closer to the man of her dreams. Jessie then tells her own story up to then, ending the chapter by starting to describe the incident with a rude customer which gave her the idea for her new sideline.

2. The young man who was with the rude customer seeks Jessie out in the bar and tells her how this man is making his life miserable. Jessie helps him by staging a scene which embarrasses his companion. It works and the young man comes back next day to thank her and to pay her for her help. This plants the seed of an idea with Jessie and her friend, Curtis the cook, and Jessie's new 'career' is born!

3. In this chapter Jessie tells us more about her friend, Curtis the chef. Curtis was born in Brixton in London though his parents are from Uganda. They left their homeland in order to escape the Amin regime in the 1970s. Curtis grew up on a rough estate and spent much of his youth involved in crime. While in prison, Curtis is attacked by fellow inmates and nearly dies. He vows to turn his life around and finds that he has an aptitude for cooking.

4. Jessie is contacted by Susan Silverman, her first genuine customer. Susan is infatuated with a man who frequents the library where she works. She asks Jessie to make this man fall in love with her. Jessie is unsure but says that she will try. She rushes off to tell Curtis. They go to a pub to discuss the situation. While there, Jessie goes to the bar and is insulted by a group of racist youths. Though Curtis makes them return her money, she doesn't tell him about their comments.

5. Jessie goes to meet Susan Silverman and is pleasantly surprised. She is a touch manic but otherwise just a lonely woman. Susan's husband has left her for the dog-groomer and she has thrown herself into her work at the library to forget. A regular customer has caught her eye but she is too shy to speak to him. Jessie is shocked to discover that she is expected to work immediately, but goes along with it and soon finds herself in the library. She executes a spur-of-the-moment plan when she sees him being set upon by a mother who mistakes his helping her child for something sinister. Jessie comes to the rescue and soon Henry and Susan are talking happily. Susan pays her well.

6. Curtis is impressed to see that Jessie has received £100 for her services. They go to the bar to have some celebratory drinks and Jessie begins to realise that Curtis is more handsome than she had noticed. By the time they are on the way home, she is rather the worse for wear and thinks that he might kiss her. He goes to remove a mark from her face and she falls throught the front door. Curtis picks her up and then leaves, laughing loudly. Jessie throws up in the garden and is thankful that no-one saw her.

7. She wakes the next morning feeling very hungover and heads to the shop for provisions. While there she overhears her neighbour, the scary Christine, complaining about the

vomit in the garden. After she has left, Ashok, the owner of the shop and an all-round cheerful sort, teases her, as he can tell from her face that she was responsible. She leaves the shop and finds a group of neighbours standing around the vomit. In order to appease them, she says that she will clean it up. Christine remains after the others have left and tells her that she knows about her work and needs her help. Her husband is depressed and she wants Jessie to pretend to be a psychiatrist. Jessie agrees reluctantly and goes back to her flat. There is a knock at the door but all she finds is a mysterious letter.

8. The following evening, Jessie is waiting outside the shop for her mysterious meeting. Ashok watches her with amusement. She goes in to tell him about the letter and he reveals that he knows about her work through Christine. She is just about to give up when Uncail Bobaidh arrives. He is an antique dealer and her favourite uncle. While in the flat, she tells him about her new profession and he says that he may have some work for her.

9. Jessie goes to Christine's house, dressed in a suit and ready to play the part of the psychiatrist. Christine tells her about her relationship with her husband and it is clear that they are very much in love. Barry is quick to see through Jessie's act and becomes upset. However, after some gentle persuasion, he confesses that he has found a strange lump on his back and is frightened to go to the doctor. This is also the reason that he doesn't want to go on his Lads' Holiday. Jessie leaves discreetly and Christine and Barry seem relieved and happier.

10. It is a very busy night in the hotel and Meryl is on the warpath. Jessie, Curtis and the other staff try to keep out of her way. Jessie is surprised when she sees her Uncail Bobaidh in the restaurant, as she thought he had left after

she had done a job for him. At an auction, Jessie has bid for
art by a painter whom her Uncle is helping. Bobaidh uses
her in order to inflate the price. Though she nearly ends up
buying the piece herself, it goes well and the piece gets a
high price. She has offered to take Curtis out for a meal to
thank him – but is it a date? She asks Uncail Bobaidh about
this but Meryl interrupts. Jessie is worried when she sees her
boss and uncle talking, and is even more concerned when
Bobaidh tells her that he has told Meryl about her other job.
Finally, Uncail Bobaidh leaves and Jessie is very sorry to see
him go.

11. Meryl grabs Jessie and drags her into the fridge to talk.
Meryl wants her to help with undermining a love rival and
indicates that there will be more work for her if it goes well.
After leaving the fridge, Jessie goes to the oven to warm her
hands. Curtis takes her hands and blows gently onto them
so that they will warm up. It is an intimate moment for
Jessie, and so she is hurt when he quickly reverts to his
grumpy chef persona. She cancels her dinner date with him
to work with Meryl and turns down the offer of a drink after
work.

12. After a night of bad dreams, Jessie feels terrible about
the way that she has treated Curtis. It is too late, however, to
cancel the job for Meryl. She goes to the party (as described
in Chapter 1) and decides to walk home afterwards. She
foolishly decides to take an unlit back alley short-cut to her
flat and is set upon by the same youths who insulted her in
the bar. They have been following her and intend to rape
her or beat her up. Just in time, Curtis appears and rescues
her. The incident makes them realise just how much they
care for each other and the story ends as they kiss.

Caibideil I

Geàrr-chunntas

Jessie is a young Gaelic-speaking woman who has come to London to try to make a breakthrough as an actress. It is proving harder than she thought, though. She has been working in a hotel for some time and had been on the brink of going back home when she came up with a bright idea for making money. It involves using her acting skills in an unorthodox way.

The chapter begins with Jessie engineering a scene aimed at bringing her boss, Meryl, closer to the man of her dreams. Jessie then tells her own story up to now, ending the chapter by starting to describe the incident with a rude customer which gave her the idea for her new sideline.

Deich uairean a dh'oidhche agus bha mi aig pàrtaidh. Cha robh duine ann anns an robh ùidh agam ach dh'fheumainn fuireachd gus an robh mi deiseil. Bha an 'targaid' na shuidhe le dithis eile – fireannach agus boireannach. Bha am boireannach a' dèanamh tòrr gàireachdainn agus a' cur a làimh air a ghàirdean, ga fàgail an sin ro fhada agus tric ga shuathadh. Bha am fireannach a bha còmhla riutha a' feuchainn ri rudeigin a chantainn ach cha robh iad ag èisteachd. Thàinig Meryl a-null thugam ann an cabhaig:

"You see them? That *tart* . . . she only wants him because she knows I do."

Sheall i rium, "Well? Are you ready?" Bha a sùilean làn agus dòchasach. Ghnog mi mo cheann rithe agus thòisich mi a' coiseachd tarsainn an rùm.

Bha e cudromach gum biodh e a' coimhead coltach
ri tubaist. A' cunntadh na mo cheann, rinn mi orra. Aon,
dhà . . . seachad air dithis ag argamaid gu dòigheil . . . trì,
ceithir . . . timcheall a' bhùird leis a' bhiadh air . . . còig,
sia . . . dh'fheuch cuideigin ri bruidhinn rium ach cha do
stad mi . . . seachd, ochd . . . a-nise faisg gu leòr . . . naoi,
deich . . .

"Dammit! Watch what you're doing!" dh'èigh am boir-
eannach, am fìon dearg a' sruthadh sìos am froga geal aice.
"You stupid, clumsy . . . mmph!" agus ruith i a-mach an
doras, ag èigheachd air cuideigin a bheireadh clobhd agus
salainn dhi.

Bha an 'targaid' ga coimhead le uabhas. Chithinn nach
robh an onghail a rinn i air còrdadh ris. Phriob mi air Meryl
agus thàinig i a-nall thugainn.

Rinn i cinnteach a sùilean a chumail ormsa, dìreach mar a
thubhairt mi, agus chùm i a guth rèidh agus càirdeil.

"Oh, gosh, don't worry about her. She has a tendency to
over-react."

"It was an accident," thuirt mi, a' cromadh mo chinn, a'
coimhead cho liùgach 's a b' urrainn dhomh.

"Well, we know that, don't we? Oh, John! I didn't see you
there . . ."

Bha m' obair dèante. Le sùil aithghearr air mo chùlaibh
airson dèanamh cinnteach gun robh iad a' faighinn air
adhart gu math, thog mi mo chòta agus mo bhaga agus
dh'fhalbh mi. Bha mi gu math sgìth ach, le seic airson ceud
gu leth not nam phòcaid, bha fhios a'm nach fhaighinn an
seòrsa airgid seo air dòigh sam bith eile. Dòigh sam bith a
bha laghail, co-dhiù!

Bha mi air an sgoil fhàgail aig sia-deug gun teisteanas sam
bith. Cha b' e nach robh mi cliobhar, ach cha robh ùidh
agam ann an càil ach dràma, seinn is dannsa. 'S e actress a
bha gu bhith annam. Cha robh dealbh-chluich air stèids na
sgoile far nach robh mise na teis-mheadhan. Bha e cho
furasta. Cha robh teagamh sam bith agam nach biodh an

saoghal air fad mar sin. Cha robh agam ach feitheamh agus thigeadh Hollywood chun an dorais agam. Ach cha b' e sin a thachair. An dèidh còig bliadhna ag obair ann am bùth agus a' coimhead airson pàirtean, smaoinich mi gun robh a thìd' agam a dhol a Lunnainn far an robh barrachd chothroman. Bha mi air cluinntinn sgeulachdan mu nigheanan a chaidh fhaicinn ann am bùthan agus gun deach obair actaidh no modailidh a thabhachd orra. Shaoil mi nach biodh e ro fhada gu 'm faiceadh agent mise agus bhithinn air mo shlighe.

Chaidh ceithir bliadhna seachad agus cha robh mi air faighinn barrachd air pàirt bheag ann am prògram chloinne agus dà sheachdain ann an coille a' dèanamh film goirid. Cha robh mi cinnteach cò mu dheidhinn a bha e ach bha agam ri tòrr suidhe a dhèanamh a' coimhead ri dealbh de fhlùraichean. Cha robh fios agam dè thachair dhan film ud gus, aon latha, chunnaic mi m' ainm air an eadar-lìon cocheangailte ris. Sheall mi ris airson ùine agus thàinig e asteach orm gur e seo cho faisg 's a thiginn air a bhith ainmeil. Bha e duilich aideachadh nach robh mi brèagha no tàlantach gu leòr gus a' chùis a dhèanamh san t-saoghal ud, ach, ann an dòigh, 's e faochadh a bh' ann nuair a thachair e. Bha m' aislingean ro mhòr dhomh. Le beachd ùr air mo bheatha, thòisich mi a' smaoineachadh air dè an taobh a dheighinn.

Aig an àm, bha mi ag obair ann an taigh-òsta agus a' dol às mo chiall leis. Chan eil càil nas mios' na bhith ag obair fad an latha – a' càradh leapannan, a' nighe thruinnsearan agus a' cur gleans air glainneachan – 's fios agad nach eil fada gus an nochd crowd dhaoine airson am milleadh. Agus an uair sin, feumaidh tu tòiseachadh a-rithist. Thàinig mise a Lunnainn airson m' fhortan a dhèanamh agus cha b' ann airson frithealadh air daoine beartach a bha cho leisg ris a' chù.

Shaoil mi gun robh an t-àm air tighinn airson tilleadh, le m' earball eadar mo dhà chois, gu mo mhàthair. Bha an

smuain fhèin a' cur nàire orm ach cho robh roghainn eile
agam. Bha e mar gun robh am baile a' fàs na bu daoire a
h-uile latha agus cha robh am beagan a bh' agam a' dol
uabhasach fada.

B' e oidhche Haoine a bh' ann agus bha an taigh-òsta làn,
mar a b' àbhaist. Na mo cheann, bha mi a' feuchainn ri
smaoineachadh air an dòigh a b' fheàrr innse dha mo
theaghlach gun robh mi air mo shlighe air ais dhan bhaile
bheag. Bhiodh iad snog mu dheidhinn, bha mi cinnteach,
ach bha uiread de chreideamh aca annam 's nach robh
dòigh nach biodh e na bhriseadh-dùil dhaibh. Bha mi air a
chantainn mìle uair nach biodh aca ri strì nuair a bha mise
nam chelebrity. A-nis bha mi dol a dh'innse dhaibh nach
biodh iad a' togail a' pheinnsein airson greis fhathast.

"*Excuse* me! Are you listening?"

Bha mi a' coiseachd le treidhe ghlainneachan tron rùm-
bìdh nuair a chuala mi guth caiseach air mo chùlaibh.
Thionndaidh mi agus bha duine cruinn, tiugh an sin, ga
mo choimhead le gràin. Thuirt mi gun robh mi duilich agus
chuir mi an treidhe dhan dàrna taobh.

"What would you like, sir?"

"Scotch girl, eh? Might've known. Right, we would
like . . ."

Aig a' bhòrd còmhla ris, bha ceathrar eile – boireannach
tapaidh le cus perfume oirre, duine caol le speuclairean agus
deise ghlas air, agus duine òg le stais. Chithinn gun robh e
air a nàrachadh 's an duine cruinn a' bruidhinn rium mar
nach robh facal Beurla agam. An-dràsta 's a-rithist bheir-
eadh e sùil luath air an tè a bha tarsainn bhuaithe: aghaidh
shàmhach, beul teann agus a sùilean air an làr.

"So that's a VOD-KA-MAR-TINI. Did you get that?"

"Yes, sir."

Cha mhòr nach do bhìd mi toll na mo liop, ach cha
tubhairt mi càil. Bha mi air ionnsachadh anns a' chiad
seachdain nach robh e gu feum sam bith a bhith ag arga-
maid ris na daoine seo. Aig deireadh an latha, is mise a

bhiodh gun obair. Tharraing mi anail dhomhainn a-steach agus choisich mi dhan chidsin, a' togail an treidhe air mo shlighe. Bha an fhearg mar teine a' fàs na bu mhotha 's na bu mhotha annam.

Bha Curtis, an còcaire bho Bhrixton, ann an sin, a' trod; aghaidh teth agus fallasach. Bha e a' cur iongnadh orm cho còir 's a bha e aon mhionaid, agus an ath mhionaid, cho ainmeineach. A' faicinn m' aghaidh a' tighinn tro na dorsan, sguir e a dh'èigheachd ri Loic – an duine beag Frangach a bha a' nighe nam panaichean – agus shocraich e.

"Jessie-belle, wha's the matter? Those rich sonsabitches gettin' at you again?"

"The guy at table twenty. He treated me as if I came from another planet. Practically spelled the order out to me."

Chuir Curtis a ghàirdean trom, donn timcheall orm, gam tharraing faisg air. Bha mi an-còmhnaidh a' faireachdainn sàbhailte na ghrèim. Cha robh mòran charaidean agam anns a' bhaile, agus mar sin bha mi air fàs gu math faisg air an fheadhainn a bha ag obair còmhla rium an sin. Bha mi fhèin agus Curtis air mòran oidhcheannan a chur seachad sa bhàr còmhla, ag òl, gus nach robh cuimhne againn air an dòlas Embassy Palace Hotel tuilleadh.

"Thanks, Curtis. Gotta go. He wants a vodka martini. That's V-O-D-K . . ." agus dh'fhàg mi an cidsin le gàir-eachdainn Curtis na mo chluasan.

Beag-fhaclair Caibideil I

dh'fheumainn fuireachd   *I would need to wait*
anns an robh ùidh agam   *that I was interested in*
suathadh   *stroking*
a chantainn   *to say*
dòchasach   *hopeful*
ghnog   *nodded*
ag argamaid gu dòigheil   *having a friendly argument*
ruith i a-mach an doras   *she ran out (through) the door*
ag èigheachd air cuideigin   *calling for someone*
uabhas   *horror*
chithinn   *I could see*
onghail   *din*
phriob   *winked*
rèidh agus càirdeil   *calm and friendly*
liùgach   *shy, demure*
sùil aithghearr   *a quick glance*
nach fhaighinn   *that I couldn't get*
teisteanas   *qualification*
cliobhar   *clever*
na theis-mheadhan   *at the midst*
teagamh   *doubt*
pàirtean   *parts (acting)*
barrachd chothroman   *more opportunities*
a thabhachd orra   *were offered*
thàinig e a-steach orm   *it occured to me*
cho faisg 's a thiginn   *as close as I would get*
aideachadh   *admit*
tàlantach   *talented*
a' chùis a dhèanamh   *to succeed*
faochadh   *relief*
beachd   *opinion*
dheighinn   *I would go*

às mo chiall leis   *it was driving me mad*
càradh leapannan   *making beds*
airson am milleadh   *to spoil them*
airson m' fhortan a dhèanamh   *to make my fortune*
frithealadh   *serving*
le m' earball eadar mo dhà chois   *with my tail between my legs*
a' cur car nàire air   *embarrasing*
oidhche Haoine   *Friday night*
snog   *pleasant, kind*
creideamh   *confidence*
nach robh dòigh   *that there was no way*
briseadh-dùil   *disappointment*
cantainn   *saying*
a' togail a' pheinnsein   *retiring*
caiseach   *irritated, annoyed*
gràin   *disdain*
dhan dàrna taobh   *to one side*
stais   *moustache*
air a nàrachadh   *embarrassed*
beul teann   *pursed lips*
cha mhòr nach do bhìd   *I almost bit through*
is mise a bhiodh gun obair   *I would be the one out of work*
ainmeineach   *bad-tempered*
na ghrèim   *in his grasp*
gus nach robh cuimhne againn air an dòlas EPH   *until we had forgotten*
   about the blooming EPH

Caibideil II

Geàrr-chunntas

The young man who was with the rude customer seeks Jessie out in the bar and tells her how this man is making his life miserable. Jessie helps him by staging a scene which embarrasses his boorish companion. It works, and the young man comes back next day to thank her and to pay her for her help. This plants the seed of an idea with Jessie and her friend, Curtis the cook, and Jessie's new 'career' is born!

Bha am bàr astar beag bhon rùm-bidh ach a cheart cho trang. Rinn mi mo shlighe tron t-sluagh gus an d' fhuair mi chun an dorais bhig a bha gad thoirt gu cùl a' bhàir gus deasachadh nan deochan aca. Bha mi a' coimhead airson na h-olives nuair a mhothaich mi gun robh an duine òg leis an stais na sheasamh aig a' bhàr.

"Good evening, sir," thuirt mi.

Ghnog e a cheann rium agus rinn e gàire beag càirdeil. Ga fhaicinn na b' fhaisge, chithinn gun robh e mun aon aois rium fhèin, ach bha an stais ud a' cur bliadhna no dhà air. Cha robh cuimhn' agam cuin a bha mi air fireannach le stais fhaicinn fo dheich air fhichead bliadhna a dh'aois, ach bha e a' coimhead glè mhath airesan.

"Listen," thuirt e, "I'm sorry about him. He's really rude."

"No problem, sir. I hope yourself and your wife are enjoying the meal?"

"Oh, she's not my wife," thuirt e ann an guth a bha ag innse dhomh gun robh sin ga fhàgail duilich. "She's *his* girlfriend. Don't know why she doesn't see through that oaf. If she would just . . . I'm sorry. Why am I telling you this?"

"Och, don't you worry about that. Nice to have a chat. Better than being given orders all night!"

Rinn e gàire. 'S e duine gu math eireachdail a bh' ann. Cha robh mi a' tuigsinn carson a bha an nighean chàilear ud leis a' bhumailear 's nach b' ann leis-san. Chithinn gun robh e na èiginn, agus bu bheag an t-iongnadh. Cò nach bitheadh 's an t-amadan ud air a' chùis a dhèanamh air?

"How do you know him?"

"He's my cousin – distantly – and I have no idea how he managed to land her, so don't ask. Even my parents like him."

Chuimhnich mi air an dithis eile aig a' bhòrd.

"I just wish . . . I wish she could see him for what he really is."

"And what's that?"

"He's a drunk . . . and a womaniser . . . but he *always* manages to get away with it."

A' coimhead ris an duine sholt seo ann am pian, thàinig e a-steach orm gum b' urrainn dhomh a chuideachadh. B' urrainn dhòmhsa sealltainn dhan an tè ud cho mì-chàilear 's a bha an duine aice agus cothrom a thoirt dhan fhear seo e fhèin a dhealbhachadh mar ghaisgeach.

Thug mi dha na deochan agus thuirt mi ris dèanamh cinnteach, an ath thuras a dheigheadh an duine cruinn dhan taigh-bheag, fuireachd greis bheag agus an uair sin a leantainn leis an nighean na chois. Cha robh fad' agam ri feitheamh. Tron uinneig bhig air doras a' chidsin, chunnaic mi e ga tharraing fhèin às an t-sèithear agus a' fàgail an rùm. Thug e mionaid no dhà a' deanamh a shlighe tro na bùird agus choinnich mi ris anns a' hàlla.

"Oh, it's you. I notice you didn't bring our drinks. Got poor Charlie to do it. Don't blame you – he's a bit of a pushover. But you won't get away with it again, Scotch girl," agus thòisich e a' lachanaich. Chithinn gun robh an deoch air.

"I'm ever so sorry, sir," thuirt mi, le mo ghuth cho Gàidhealach 's a ghabhadh, "I just thought your wife might see me looking at you again. I didn't want to upset her."

Sheall e rium le mì-earbs'. "What?"

"It's just . . . a gentleman like yourself is a rare sight in the Highlands. Our men are usually stinking of the sheep!"

"Hmm . . . I suppose so. Well, let me show you how . . . gentlemanly . . . I can be," agus chuir e a' chròg air mo chìoch.

Bha aghaidh faisg orm agus bha anail shearbh a' toirt deòir gu mo shùilean. Chunnaic mi a theanga a' nochdadh agus chuir e a liopan garbh ri mo bheul. Dh'fhairich mi an dìobhairt na mo shlugan agus chùm mi mo shùilean fosgailte, a' miannachadh gun greasadh duine na stais air. Gu taingeil, cha robh diog mus do choisich e tron doras, an nighean ri thaobh. Mus d' fhuair i cothrom dearbhadh dè dìreach a bha tachairt, thòisich mi a' sgreuchail;

"Get off me! Help!"

Thàinig Charlie na ruith agus phut e an duine bhuam. Chaill e a chasan agus thuit e air a thòin le brag agus ruith mi air ais dhan chidsin. Tron uinneig, chithinn an nighean a' trod ris agus an uair sin a' fàgail ann an cabhaig, is grèim aic' air làimh Charlie. Bha na pàrantan faisg air an cùlaibh agus sheall iad ris le gràin anns an dol-seachad. Cha mhòr gun creideadh e a shùilean agus chrath an duine cruinn a cheann.

"Well, sod off then!" dh'èigh e às a dhèidh, agus dh'fhònaig e airson tagsaidh. Chuala mi e ag ràdh *Stringfellows*. Abair amadan.

Dh'innis mi dha Curtis mu na thachair, nuair a bha sinn nar suidhe mar a b' àbhaist anns a bhàr aig deireadh na h-oidhche. Rinn Curtis tòrr gàireachdainn, gu h-àraidh nuair a dh'innis mi dha na thuirt mi na mo ghuth Gàidhealach. Airson a' chiad turas ann an ùine, bha mi a' faireachdainn pròiseil asam fhèin. Bha mi a' faireachdainn toilichte gun robh mi air Charlie a chuideachadh. Bha mi cho dòigheil 's nach do chuimhnich mi gun robh agam ri mo phàrantan fhònadh.

An ath mhadainn, bha mi air ais san rùm-bìdh a-rithist. Cha robh an cothrom air a bhith agam bracaist a ghabhail, oir bha am flat agam cho fada bhon Embassy Palace agus cha robh mi air an alarm a chluinntinn aig sia. Bha mo mhionach a' rùchdail 's mi a' toirt thruinnsearan làn hama agus uighean agus sausages do dhaoine. Dh'fheumainn grèim a chumail orm fhèin no ruithinn dhan taigh-bheag le aon dhe na truinnsearan agus ghlasainn an doras. Cha robh càil air m' aire ach biadh nuair a thàinig Lizzie bho reception a-nall thugam.

"Someone at reception for you, Jessie."

Cha do dh'aithnich mi e an toiseach, ach nuair a thionndaidh e rinn mi gàire.

"Hello, sir," thuirt mi ri Charlie, "how are you this morning?"

"I just came to say thanks. It can't have been very much fun for you . . . but thanks."

Dh'innis mi dha gun robh mi toilichte a chuideachadh agus gun robh e air còrdadh rium, ann an dòigh neònach.

"I wanted to give you this," agus chuir e leth-cheud not na mo làimh.

"Well, we left so quickly I didn't get to leave a tip. I know it's not much but you really helped me. She says she won't be going back to him, that she's better off with someone like me."

Cha mhòr gum b' urrainn dhomh bruidhinn, ach fhuair mi air taing a thoirt dha mus do dh'fhalbh e. Sheas mi an sin a' coimhead ris an airgead na mo làimh is mo bheul fosgailte. Cha robh mi a' cosnadh na bha sin ann an latha san Embassy agus cha robh na daoine beartach uabhasach fialaidh le na tips. Chaidh mi a-steach dhan chidsin far an robh Curtis a' ròstadh uighean ann am prais mhòr.

"What 'appened to you? Yeh look like you saw a zombie or somefing."

Shuidh mi air stòl àrd, mo chasan crochaichte fodham, agus sheall mi dha an t-airgead. Leig e èigh bheag thoilichte agus dh'innis mi dha mar a thachair. Nuair a bha mi deiseil, stob Curtis spàin làn cèic milis na mo bheul agus, fhad 's a bha mi a' cagnadh, thuirt e:

"Y' know wha' you should do . . ."

Chuirinn sanas anns a' phàipear agus dh'fhaodadh daoine mo phàigheadh airson an cuideachadh ann an suidheachaidhean mar a bh' aig Charlie. Dh'fhaodainn a bhith ag actadh agus a' cuideachadh dhaoine agus a' faighinn airgead air a shon. Sgrìobh Curtis an sanas dhomh:

Do you need some help winning the love of your life? Impressing your boss, colleagues or friends? Professional actress available to give your life a push in the right direction. No job too small. Call 020-7091-6652 and ask for Jessie.

"You don't think, I sound like," thuirt mi ris gu sàmhach, "a prostitute?"

"Awrigh', awrigh'," thuirt Curtis, agus, aig an deireadh, sgrìobh e: *This service is intended for moral and ethical use only. Not a prostitute.*

Beag-fhaclair Caibideil II

astar beag   *a short distance*
gus deasachadh nan deochan aca   *preparing their drinks*
a' cur bliadhna no dhà air   *made him look a year or two older*
gu math eireachdail   *pretty handsome*
càilear   *attractive*
bumailear   *buffoon, oaf*
na èiginn   *desperate*
bu bheag an t-iongnadh   *no wonder*
air a' chùis a dhèanamh air   *had beaten him*
solt   *polite, quiet*
ann am pian   *distressed*
cho mì-chàilear   *so unpleasant*
a dhealbhachadh mar ghaisgeach   *to portray himself as a hero*
a dheigheadh   *would go*
na chois   *with him*
ga tharraing fhèin às   *pulling himself out*
a' lachanaich   *guffawing*
mì-earbs'   *suspicion*
a' chròg   *hand*
cìoch   *breast*
anail shearbh   *bitter breath*
a' toirt deòir gu mo shùilean   *bringing tears to my eyes*
garbh   *rough*
dh'fhairich mi an dìobhairt na mo shlugan   *I felt about to vomit*
miannachadh   *wishing*
gun greasadh   *would hurry up*
dearbhadh   *confirm*
a' sgreuchail   *sreaming*
air a thòin   *on his backside*
gràin   *contempt*
anns an dol-seachad   *in the passing*
pròiseil asam fhèin   *proud of myself*

dòigheil   *content, happy*
bha mo mhionach a' rùchdail   *my tummy was rumbling*
dh'fheumainn grèim a chumail orm fhèin no ruithinn   *I'd need to control myself or I'd run*
ghlasainn   *I would lock*
cha robh càil air m' aire   *there was nothing on my mind but*
leth-cheud not   *fifty pounds*
cha mhòr gum b' urrainn dhomh bruidhinn   *I could hardly speak*
a' cosnadh   *earning*
fialaidh   *generous*
a' ròstadh   *frying*
prais   *pan*
mo chasan crochaichte fodham   *my feet dangling below me*
stob   *stuck*
cagnadh   *chewing*
chuirinn sanas anns a' phàipear   *I would advertise*
suidheachaidhean   *situations, scenarios*

Caibideil III

Geàrr-chunntas

In this chapter Jessie tells us more about her friend, Curtis the chef. Curtis was born in Brixton in London though his parents are from Uganda. They left their homeland in order to escape the Amin regime in the 1970s. Curtis grew up on a rough estate and spent much of his youth involved in crime. While in prison, Curtis is attacked by fellow inmates and nearly dies. He vows to turn his life around and finds that he has an aptitude for cooking

Bha Curtis Obiamago air a bhith a' fuireachd ann am Brixton fad a bheatha, ach b' ann à Uganda a bha an teaghlach aige. Bha a phàrantan agus a phiuthar air teicheadh às ann an 1971 an dèidh *coup d'ètat* Idi Amin. Bha iad air an ainmeachadh mar luchd-taic Obote agus bha iad air a chluinntinn gun robh saighdearan Amin a' murt dhaoine air feadh na dùthcha a bha dìleas dhan t-seann Phrìomhaire. Ann an 1972, bha e soilleir nach robh dòigh aca tilleadh dhan dachaigh aca ann an Kampala agus thòisich iad air beatha ùr ann am Breatainn. Ann an Uganda, b' e tidsearan a bha na athair agus na mhàthair agus bha iad glè chomasach, ach nuair a thàinig iad a Lunnainn cha robh a' Bheurla aca uabhasach làidir agus cha robh obair ann dhaibh. Chosg iad am beagan airgid a bh' aca ann am bliadhna agus chaidh an dithis aca – foghlamaichte, tàlantach, sgileil – a dh'obair ann am factaraidh, a' cur chinn air doilichean.

Rugadh Curtis ann an 1977. Dh'innis e dhomh gun robh a mhàthair ag ràdh gur e iongnadh a bh' ann gun robh e cho mòr nuair a rugadh e, oir cha robh an t-airgead aca airson

mòran bìdh. Bha iad a' fuireachd air a' Mhoorlands Estate.
Bha na togalaichean àrda nan dachaighean do dh'fhead-
hainn dhe na daoine a b' eagalaiche ann an Lunnainn. Anns
na meadhan-90s, bhiodh triùir air am murt le gunnaichean
air Coldharbour Lane gach seachdain – barrachd air àite
sam bith eile ann am Breatainn. Bhiodh athair ag ràdh gum
biodh iad na bu shàbhailte ann an Kampala fo smachd
Amin.

B' ann anns an àite seo a chuir Curtis seachad òige, agus
thug e buaidh air. Nuair a bha e ceithir-deug, chaidh a
thilgeadh a-mach às an sgoil airson a bhith a' reic cainb ris a'
chlann eile. Bha a phàrantan air an uabhasachadh ach cha
robh dragh aig Curtis. Cha deach e air ais dhan sgoil agus
cha b' fhada fada gus an robh e a' ruith le gang agus
daonnan ann an trioblaid le na poilis. Cha robh e a'
bruidhinn ri a phàrantan, oir cha robh iadsan deònach
an còrr airgid a thoirt dha. Bhiodh a phiuthar a' feuchainn
ri chuideachadh. Bha ise ag obair na social worker agus cha
bu dùraig dhi a bràthair fhaicinn cho ìosal, ach chan
èisteadh e rithe. Bha e cho cleachdte ris a' bheatha sin 's
nach robh fhios aige dè eile a dhèanadh e.

Chaidh e dhan phrìosan aig seachd-deug airson goid
chàraichean agus a-rithist aig fichead airson reic dhrugai-
chean. Air an latha sin, nuair a chuir iad dhan phrìosan e
airson ceithir bliadhna, sheas a mhàthair le deòir a' dòrtadh
sìos a h-aodann, a' crathadh a cinn. Chuir i litir thuige a
h-uile seachdain agus bha na litrichean aige fhathast. Ann
an aon dhiubh, bha i air sgrìobhadh: *We left our home to keep
our family from danger and you have embraced it with open
arms. Please don't throw the life we gave you away. I know it is
not paradise but you needn't make it hell.* Bhiodh e a'
leughadh nan litrichean an-dràsta 's a-rithist airson cuimh-
neachadh dha fhèin cho fada 's a bha e air tighinn.

An toiseach, bha e ceart gu leòr sa phrìosan. Bha dru-
gaichean agus deoch-làidir gu leòr aige agus bha e cho mòr
's nach robh duine a' gabhail brath air. Ach cha do sheas sin

fada. Thàinig fear ùr gu Prìosan Bhrixton a bha mun aon mheud ri Curtis agus, cho luath 's a chunnaic iad a chèile, bha droch fhaireachdainn eatarra. Ged a bha iad a' sabaid agus ag argamaid a h-uile mionaid a bha iad faisg air a chèile, cha robh an dàrna fear aca air làmh-an-uachdair fhaighinn. Thàinig cùisean gu ceann nuair a chuir an duine seo, le buidheann de chòignear eile, Curtis ann an còrnair agus, an dèidh deich mionaidean, dhan an ospadal. Cha mhòr nach do mharbh iad e. Bha e ann an coma airson dà latha agus tha fhathast pian na pheirceall nuair a tha e ag ithe. Nuair a dhùisg e, mar a thuirt e fhèin, bha epiphany aige. Bha fhathast trì bliadhna aige anns an òcrach ud, ach nuair a gheibheadh e às, cha tilleadh e gu bràth tuilleadh.

Ghluais iad e gu wing eile agus fhuair e obair anns a' chidsin. An toiseach, cha robh ann ach rùsgadh buntàta agus nighe shoithichean, ach mhothaich an neach-faire gun robh tàlant aige airson còcaireachd. Bhiodh e a' gearradh nan lusan ann am pìosan beaga, biodach le na làmhan mòra aige, gan làimhseachadh gu faiceallach. Bha an nàdar socair, mionaideach aige air nochdadh, agus cha b' fhada gus an robh e air a chlàradh ann an cùrsa còcaireachd anns a' phrìosan. Dh'innis e dhomh aon oidhche, nuair a bha sinn nar suidhe anns a' bhàr, gun do shàbhail an neach-faire ud a bheatha. Dh'fhàg e am prìosan le poca beag de ghnothaichean, gun sgillinn aige na phòcaid ach e cho sona ri bròg. Na dhuine saor ach, a bharrachd air sin, na chòcaire.

Nuair a chithinn e ag obair, a shùilean a' leumadaich air ais 's air adhart bho phrais gu pana, bha e duilich a chreidsinn gun robh àm ann nuair a bha e cho fiadhaich. Ged a bhiodh e a' fàs greannach mar a h-uile còcaire, bha e gasta. Cha b' urrainn dhomh smaoineachadh air na h-eucoirean, a' goid chàraichean agus a' reic crack. Bha greis mus do dh'innis e dhomh mun bheatha ud, agus, airson an fhìrinn innse, bha mi air beagan feagail a ghabhail. Cha robh mise fiù 's air goid bho Woolies nuair a bha a' chlann-

nighean eile ga dhèanamh. Cha do dh'fheuch mi air bar-
rachd air joint aig pàrtaidh agus chuir e mi na mo shuain
chadail. Cha robh mise eòlach air duine a bha air a bhith sa
phrìosan. Bha dealbh agam nam cheann de dhaoine eaga-
lach aingidh a bha a' toirt toileachas à àmhghair dhaoin' eile.
Dh'atharraich Curtis m' inntinn, ge-tà, agus cha b' fhada
gus an do thuig mi gun robh àiteachan san t-saoghal far
nach eil e furasta beatha nàdarra àbhaisteach a bhith agad.
Bha esan annasach, oir bha e air a' chùis a dhèanamh.

    "See, it's like dis," thuirt e, "when I'm working, it's like
. . . meditation . . . y' get me? I forget about everyfing and
just cook. I'm like that geez, y' know, the Dalai Lama . . .
'cept no Chinese would mess wiv me."

Beag-fhaclair Caibideil III

air an ainmeachadh   *named*
luchd-taic   *supporters*
murt   *murder*
dìleas   *loyal*
comasach   *talented*
foghlamaichte, tàlantach, sgileil   *educated, talented, skilful*
doilichean   *dolls*
iongnadh   *surprise*
togalaichean   *buildings*
a b' eagalaiche   *most frightening*
fo smachd   *in the grip of*
thug e buaidh air   *it affected him*
chaidh a thilgeadh a-mach   *he was thrown out*
cainb   *cannabis*
air an uabhasachadh   *were horrified*
cha bu dùraig dhi   *she couldn't bear*
a' gabhail brath air   *take advantage of him*
cha robh an dàrna fear aca air làmh-an-uachdair fhaighinn   *neither had
    got the upper hand*
thàinig cùisean gu ceann   *matters came to a head*
peirceall   *jaw*
òcrach   *dump, pit*
neach-fhaire   *guard*
lusan   *vegetables*
beaga, bìodach   *tiny*
gan làimhseachadh gu faiceallach   *handling them carefully*
an nàdar socair, mionaideach aige   *his gentle, patient nature*
air nochdadh   *had shown itself*
air a chlàradh   *registered*
gnothaichean   *belongings*
cho sona ri bròg   *as happy as could be*
a' leumadaich   *leaping about*

prais   *cooking pot*
na h-eucoirean   *the crimes*
air beagan feagail a ghabhail   *had got a little frightened*
chuir e mi na mo shuain chadail   *it sent me fast asleep*
eagalach aingidh   *terribly evil*
a' toirt toileachas à   *deriving satisfaction from*
àmhghair   *suffering*
air a' chùis a dhèanamh   *had made a success of things*

Caibideil IV

Geàrr-chunntas

Jessie is contacted by Susan Silverman, her first genuine customer. Susan is infatuated with a man who frequents the library where she works. She asks Jessie to make this man fall in love with her. Jessie is unsure but says that she will try. She rushes off to tell Curtis. They go to a pub to discuss the situation. While there, Jessie goes to the bar and is insulted by a group of racist youths. Though Curtis makes them return her money, she doesn't tell him about their comments.

Anns a' chiad seachdain an dèidh dhuinn an sanas a chur dhan phàipear, dh'fhònaig triùir, ach cha robh iad a' creidsinn nach b' e siùrsach a bh' annam. Na rudan a thuirt iad rium – cha chuala tu a leithid riamh. Thòisich mi a' smaoineachadh gur e mearachd a bh' anns a' phlana a bha seo ach, feasgar Disathairne, nuair a bha mi nam shuidhe na mo phyjamas a' coimhead *Hollyoaks Omnibus*, chuala mi am fòn. Thog mi e gu h-amharasach.

"Hello, is this Jessie?"

"Umm . . . yes."

"Hi, my name's Susan Silverman. I saw your ad in the paper and I just thought . . . well, this is going to sound a little strange . . ."

Bha Susan ag obair ann an Leabharlann ann an Islington. Gach madainn Diluain, bha duine a' tighinn a-steach airson leabhraichean fhaighinn agus, ged a bha i ga chuideachadh gach turas, cha b' urrainn dhi bruidhinn ris. Nuair a dh'fheuchadh i, dh'fhàsadh a beul tioram agus thigeadh

a guth a-mach aiste na chròchan. Bha na seachdainean fada
a' feitheamh air madainn Diluain agus bhiodh na mionai-
dean a bha e ann ro luath a' dol seachad.

"So you want me to help you talk to him?"

"Oh, no," thuirt i, "I want him to fall in love with me."

Cha robh fhios agam dè chanainn. Cha robh mi cinn-
teach am b' urrainn dhut sin a dhèanamh, toirt air duine
gaol fhaireachdainn gun fhiost dha, ach cha robh e annam
sin a ràdh rithe. Bha a guth cho dòchasach. Thuirt mi nach
robh mi cinnteach ach, nam b' urrainn dhi coinneachadh
rium, gum biodh an suidheachadh na bu shoilleire. Rinn
sinn àm airson coinneamh agus chuir mi sìos am fòn le
osann. Bha agam ri bruidhinn ri Curtis. Bhiodh fios aigesan
dè bu choir dhomh a dhèanamh. Chuir mi orm briogais
agus geansaidh agus choisich mi chun an Underground.

Cha robh fada agam ri feitheamh. Thàinig an trèana agus
shuidh mi eadar dithis eile agus ghabh mi anail dhomhainn.
Bha na trèanaichean a' cur feagal orm. Bha fhios a'm nach
robh sinn cho fada sin fon talamh, ach bha e a' faireach-
dainn dhòmhsa mar gun robh mi glaiste ann am bucas
cumhang, an èadhar tana agus cus dhaoine airson a chumail
air na rèilichean. Bha mise air mo bheatha a chur seachad
am measg nam beanntan agus bha mi a' faireachdainn tinn
agus fallasach nam shuidhe an sin. Mar a b' àbhaist,
chumainn mo shùilean dùinte agus ghabhainn anail an
dèidh anail gu cabhagach gus an cluinninn guth a' bhoir-
eannaich ag ràdh an stèisein agam. An latha ud, ge-tà, bha
mi air bhoil. Ged nach robh mi cinnteach mu Susan, bha e
fhathast iongantach gun robh cuideigin airson mo sheirb-
heis a chleachdadh.

Bha Curtis ag obair Disathairne ach bhiodh e deiseil aig
trì uairean feasgar, 's an uair sin bha an còrr dhen deireadh-
seachdain aige saor. Sheall mi ris an uair – còig mionaidean
gu trì – agus ruith mi tro na sràidean chun an taigh-òsta.
Bha agam ri gluasad bho thaobh gu taobh gus nach buailinn
ann an duine, ach thug mi brag dha duine no dithis às dèidh

sin. Chluinninn iad a' guidheachdan air mo chùlaibh agus dh'èigh mi, "Gabh mo leisgeil!" air ais thuca. Bha m' anail nam uchd nuair a ràinig mi an Embassy, agus chunnaic mi Curtis a' coiseachd tron doras-cùil. Stad e nuair a chunnaic e mi nam ruith.

"Jess, my gawd, girl, what you doin'? Is the filfh afta ya?"

"No," thuirt mi, "we've got one. We've got one!"

Chaidh sinn gu bàr faisg air an taigh-òsta agus dh'òrdaich sinn dà phinnt. Shuidh sinn aig bòrd faisg air an uinneig far an robh dà shèithear mhòr leathair. Cha mhòr nach robh mise air mo shlugadh ach lìon Curtis e gun trioblaid sam bith. Fhad ' a bha mise a' bruidhinn, dh'òl e am pinnt aige agus bha e gu bhith deiseil nuair a stad mi. Bha sin gu math àbhaisteach. Bhiodh esan ag òl gu math na bu luaithe na mise, agus b' e sin a dh'fhàgadh smùid orm tric nuair a bhiodh sinn ag òl còmhla.

"I dunno, Jess. Sounds like she might be a bit la-la, y' know?"

"I know, but still . . ."

Bha fhios a'm gun robh teans gu math mòr ann gur e stalker a bh' ann an Susan Silverman, 's cha robh mi idir airson a cuideachadh le càil mar sin. Aig an aon àm, ge-tà, cha robh mi deònach an cothrom seo a leigeil às. Dh'fheuch mi cho cruaidh 's a b' urrainn dhomh toirt air Curtis creidsinn gum biodh a h-uile càil ceart gu leòr. Cha robh a choltas air gun robh e gam chreidsinn. Sgròb e an smiogaid fharsaing aige agus chrath e a cheann.

"I fink I should speak to her too. Check 'er out. I know a nutta when I see one."

Cha robh mi a' smaoineachadh gur e idea uabhasach math a bhiodh ann an sin. Bha e follaiseach bho a guth gur e boireannach caran frionasach a bh' ann an Susan, agus bha Curtis a' cur feagal air a' chuid as motha de dhaoine nach aithnicheadh e. Nuair a thuirt mi seo ris, thug e sùil gheur orm agus rinn e fuaim le shròin.

"So you reckon she might be scared of a black man?"

"No, Curtis. I think she might be *intimidated* by all eighteen stone of *you*. She's a librarian who can't speak to some other boring library person. Your vast, muscular presence might give her a heart-attack."

Nochd an gàire air aodann a-rithist. "Nice work wiv the flattery, Jessie-belle. But I still wanna gedda look at 'er."

Dh'òl mi na bha air fhàgail sa ghlainne agus dh'fhalbh mi airson dà phinnt eile fhaighinn dhuinn. Fhad 's a bha mi nam sheasamh aig a' bhàr, mhothaich mi gun robh triùir bhalach aig bòrd sa chòrnair ghar coimhead. Bha na h-aodainn aca caol agus làn ghuireanan agus bha an t-aodach aca mar èideadh saighdeir. Ged nach robh iad mòran a bharrachd air a bhith nan deugairean, bha cruas nan aodainn a bha ag innse mu bheatha ghrànda. Làithean air na sràidean, ag ithe chips agus a' smocaigeadh. Bha iad a' sainnsearachd eadar iad fhèin agus, dìreach nuair a chuir an nighean an dà phinnt nam làmhan, sheas am fear bu mhotha agus rinn e orm. Mus robh fios agam dè bha tachairt, bha e air na deochan agam a shadail a-mach às mo ghreim agus air feadh an làir. Bha an dithis eile ri thaobh a-nis agus thòisich iad uile a' lachanaich. Thuirt guth nam chluais – *What's a pretty girl like you doing with the monkey?* – agus dh'fhairich mi làmh a' suathadh ri mo thòin gu luath. Bha e seachad ann am priobadh na sùla agus thionndaidh iad air falbh. Cha d' fhuair iad fada.

Lìon Curtis an doras le chorp agus sheall iad suas air le iongnadh. Cha robh e a' coimhead cho mòr nuair a bha e na shuidhe. Bha uiread de dh'onghail ann 's nach b' urrainn dhomh cluinntinn dè thuirt e riutha. Chunnaic mi e a' bruidhinn gu socair, a shùilean dorcha mar dà theine, agus a' cur làmh mar spaid air gualainn an fhir bu mhotha. Chunnaic mi am fear a b' òige ag obair na phòcaidean agus chuir e còig notaichean ann an làmh Curtis. An uair sin, leig e seachad iad agus dh'fhalbh iad a-mach an doras gu liùgach.

"Wha' 'e say cha?" dh'fhaighnich e, 's e a' cur an airgid na mo làimh.

"Nothing," thuirt mise, agus dh'òrdaich sinn dà phinnt eile.

Beag-fhaclair Caibideil IV

an dèidh dhuinn an sanas a chur dhan phàipear   *after we'd put the ad in the paper*

siùrsach   *prostitute*

mearachd   *mistake*

gu h-amharasach   *suspiciously*

cròchan   *croak, huskiness*

dè chanainn   *what to say*

gun fhiost dha   *without his knowing it, unawares*

cha robh e annam   *it wasn't in me*

dòchasach   *hopeful*

osann   *sigh*

geansaidh   *sweater*

anail dhomhainn   *a deep breath*

a' cur feagal orm   *frightened me*

bha fhios a'm   *I knew*

bucas   *box*

fallasach   *sweaty*

air bhoil   *excited*

airson mo sheirbheis a chleachdadh   *to use my service*

thug mi brag dha   *I banged into*

a' guidheachdan   *swearing*

bha m' anail nam uchd   *I was short of breath*

dh'òrdaich   *ordered*

leathair   *leather*

cha mhòr nach robh mise air mo shlugadh   *I was almost enveloped in it*

b' e sin a dh'fhàgadh smùid orm   *used to leave me drunk*

teans gu math mòr   *every chance*

cha robh mi deònach an cothrom seo a leigeil às   *I didn't want to let this opportunity go*

sgròb   *scratch*

smiogaid   *chin*

boireannach caran frionasach   *a somewhat nervous woman*

nach aithnicheadh e   *who didn't know him*
làn ghuireanan   *pimply*
èideadh saighdeir   *military dress, uniform*
cruas   *hardness*
beatha ghrànda   *an ugly life*
a' sainnsearachd   *whispering*
a shadail a-mach às mo ghrèim   *throw it out of my grasp*
lachanaich   *laughing loudly*
a' suathadh ri   *touching*
ann am priobadh na sùla   *in the blink of an eye*
onghail   *din*
spaid   *spade*
gu liùgach   *furtively, timidly, embarrassed*

Caibideil V

Geàrr-chunntas

Jessie goes to meet Susan Silverman and is pleasantly surprised. She is a touch manic but otherwise just a lonely woman. Susan's husband has left her for the dog-groomer and she has thrown herself into her work at the library to forget. A regular customer has caught her eye but she is too shy to speak to him. Jessie is shocked to discover that she is expected to work immediately, but goes along with it and soon finds herself in the library. She executes a spur-of-the-moment plan when she sees him being set upon by a mother who mistakes his helping her child for something sinister. Jessie comes to the rescue and soon Henry and Susan are talking happily. Susan pays her well.

Bha a' choinneamh agam le Susan aig ochd uairean air madainn Diluain. Cha mhòr nach do bhàsaich mi nuair a thuirt i gur e sin an aon uair a bha aice saor. Bha mis' an dòchas gun coinnicheadh sinn air an oidhche, às dèidh m' obair, ach thuirt i gum biodh i a' dol dhan leabaidh aig ochd uairean a dh'oidhche. Bha e a' fàs caran soilleir carson nach robh boyfriend aig an tè seo.

Bha i air café air bruaich na h-aibhne a thaghadh. Bha na sràidean glè fhalamh mun àm seo dhen mhadainn ach gheibheadh tu cofaidh aig uair sam bith dhen latha no dhen oidhche sa bhaile mhòr. B' e àite beag, snog a bh' ann. Bùird fhiodh fo sgàilean dearg. Sheall mi rim uair-eadair – còig mionaidean gu ochd. Shuath mi mo shùilean le mo làimh agus rinn mi meuran. Cha chaomh leam a bhith nam dhùisg ro dheich uairean agus, nuair a bhitheas, bidh

mo chorp fiadhaich agus troimh-a-chèile; a h-uile fèith a'
gearain airson blàths mo leapa.

Aig aon mhionaid gu ochd, nochd Susan Silverman.
Dh'aithnich mi i san spot. Cha robh speuclairean oirre,
mar a bha mi an dùil, agus bha am falt aice mar nead mu h-
aodann. Bha am bonaid dearg a bh' oirre na shuidhe air a'
mhullach agus cha bhiodh e air iongnadh a chur orm nam
biodh isean air sgèith bho ceann. Às dèidh sin, ge-tà, bha i
gu math tlachdmhor. Bha i brèagha gu leòr, agus fo na bh'
oirre de chòtaichean, bha mi cinnteach gun robh corp glè
mhath aice. Shuidh i air mo bheulaibh gu slaodach agus
rinn i osann throm. Ghabh mi feagal airson diog gun robh i
a' dol a rànail ach, taing do shealbh, thòisich i a' gàireach-
dainn.

"Oh, I'm sorry," thuirt i. "I feel such a fool. I was a
bit . . . desperate when I called. I must've sounded like a
maniac, but it's just I was so upset and I read your ad . . .
and then this morning, I was so scared you'd be some con-
artist but . . . look at you! You're normal."

Bha e duilich a chreidsinn gur e seo an aon bhoireannach
nach b' urrainn bruidhinn ri fireannach. Airson leth-uair a
thìde, bhruidhinn i mu deidhinn fhèin gun stad ach airson
balgam teatha peppermint a ghabhail.

Bha bliadhna gu leth bho dhealaich i fhèin agus an duine
aice. Bha i air trì bliadhna deug a chur seachad san taigh, a'
glanadh 's a' dustaigeadh 's a' hooverigeadh! A' falbh
chuairtean leis an oinseach coin aige, a bhiodh ag ithe a
brògan! A' nìghe nan drathars aige a h-uile Diardaoin gun
aon fhacal mun staid anns an robh iad! Agus dè an taing a
fhuair i? Rinn e às le creutair amh a bhiodh a' gearradh
fionnadh chon. *Doggy Styles* – b' e sin an t-ainm a bh' air a'
bhùth aice.

"Well," thuirt i, "need I say more?"

Bhon uair sin, bha a beatha, beag 's gun robh i, air a
thighinn gu stad. Ged a bha i air obrachadh san Leabhar-
lann nuair a bha iad fhathast còmhla, bho dh'fhalbh Gerry

bha i air a bhith ann an latha 's a dh'oidhche. Cha bu dùraig
dhi fuireachd anns an taigh fhalamh leatha fhèin agus bha e
a' toirt sòlas dhi a bhith am measg nan leabhraichean. Cha
b' e gun robh feum aic' air an airgead. Bha ciont Gerry a'
fàgail seic anns a' phost a h-uile dàrna seachdain. Gu leòr
airson a cumail ann an còtaichean agus bonaidean airson
ùine fhada, ach dè am feum a bha sin nuair a bha i fhathast
leatha fhèin? Chithinn cho brònach 's a bha seo ga fàgail,
ach nuair a thòisich i a' bruidhinn air an duine ùr, thàinig
toileachas blàth gu h-aodann.

Bhiodh i ga fhaicinn gach madainn Diluain agus bhiodh e
ann an-diugh. Cha robh fios aice dè an t-ainm a bh' air ach
bha i cinnteach gur e rudeigin àlainn a bhiodh ann. Bha e
an-còmhnaidh a' taghadh leabhraichean mu dhùthchannan
eile agus, mar sin, bha i a' smaoineachadh gur dòcha gur e
explorer a bh' ann. A bharrachd air sin, cha robh fios aic' air
càil ach gur e an duine bu bhrèagha a chunnaic i riamh. Bha
i dìreach airson gu faiceadh esan ise san aon dòigh.

Thuirt mi gun robh mi cinnteach gum b' urrainn dhomh
a cuideachadh agus gum bithinn deiseil an ath Dhiluain.
Leig Susan sgreuch.

"What's wrong?"

"I overheard him say that he's moving over the Bridge.
He won't be coming to my library again after today. I
thought you would . . . I mean, I hoped . . ."

Lìon a sùilean le deòir agus bha a h-aodann cho truagh 's
nach b' urrainn dhomh diùltadh. Phàigh i airson nan
gnothaichean againn agus, mus robh teathad' agam smaoi-
neachadh, bha sinn ann an tagsaidh. Bha mo mhionach a'
rùchdail, oir cha robh mi air mo bhracaist ithe – mar às
àbhaist – agus cha robh plana idir agam. Cha robh mi deiseil
airson beatha na tè seo a chur ann an òrdugh. Bha e leth-
uair an dèidh ochd sa mhadainn, for goodness's sake!

Bha an trafaig uabhasach trom agus thug e còig air
fhichead mionaid mas do ràinig sinn an Leabharlann.
Bha Susan a' fàs na bu shàmhaiche leis gach ceum, agus

nuair a choisich sinn tron doras, cha robh sgeul air an tè bhriathrach bhon chafé. Mhol duine no dithis an latha rithe ach cha do rinn i càil ach a ceann a ghnogadh. Ghabh mi grèim air a làimh agus tharraing mi i gu cùlaibh dùn leabhraichean mu dheidhinn Astrology.

"What just happened, Susan?"

An àite sealltainn rium, bha i a' cluich le oir leabhair leis an ainm *Lose Weight with the Stars*. Bha mi air a leughadh. Cha do chaill mi càil ach £8.99 agus beagan misneachd.

"Even if I just know he'll be here soon, I go all . . . you know."

Chrath mi mo cheann agus chuir mi mo làmhan air a gualainnean. "I have a plan. Now go and stand behind the desk and follow my lead. Go!"

Sheas i ga mo choimhead airson mionaid, a' sgrùdadh m' aghaidh airson adhbhar earbs' a chur annam. Airson an fhìrinn innse, cha robh mòran adhbhair earbs' ann, ach cha leiginn a leas sin innse dhìse. Bha i amharasach gu leòr.

Thòisich mi a' coiseachd gu slaodach am measg nan leabhraichean, a' cumail sùil a-mach airson an 'targaid'. Thàinig e a-steach orm nach robh mi air faighinn a-mach cò ris a bha e coltach (a bharrachd air gur e an duine bu bhrèagha a chunnaic i riamh), ach, mar a thachair, cha robh feum faighneachd. Nuair a chunnaic mi Susan a' tionndadh 's a' ruith gu cùl sgeilp, bha fhios a'm gun robh e air tighinn. Sheall mi taobh an dorais. B' e àite uabhasach trang a bh' ann ach cha robh ach aon duine a dh'fhaodadh a bhith ann. Le bonaid uaine tuathanaich agus sgàilean aige ged a bha a' ghrian a' deàrrsadh, bha e air stad airson nighean bheag a chuideachadh le bròig. Bha i air tuiteam dhith agus, gu socair, thog e a cas agus chuir e a' bhròg air ais oirre. An uair sin, thug e pat bheag dhi mun cheann agus rinn an nighean gàire.

"Gerrof my daughta, yeh perv!"

Thionndaidh a h-uile duine airson faicinn dè bha air tachairt. Bha màthair na nighinn air slaic a thoirt dhan duine le baga mòr purpaidh, agus bha e air tuiteam chun an làir. Ag èigheachd 's a' guidheachdainn, bha i ga phronnadh leis a' bhaga agus bha an nighean bheag a' rànail. Bha feadhainn ann nach robh airson 's gun tionndaidheadh a' mhàthair orrasan agus feadhainn eile nach robh airson an duine a chuideachadh. Dh'fhaodadh gun robh e airidh air agus, mar sin, cha do rinn duine càil. Anns an onghail 's an ùpraid, thàinig smuain thugam. Cha do stad mi ro fhada airson smaoineachadh. Mus do chaill mi mo lùths, thòisich mi a' ruith agus ag èigheachd,

"No, please, stop! That's my dad!"

Fhuair mi grèim air a' bhoireannach agus tharraing mi i air falbh bhon duine. Bha i a' breabadaich agus a' putadh ach chan fhaigheadh i air falbh bhuam. Tha mi gu math làidir ged a tha mi beag. Taobh mo mhàthar. Cha dèanadh an tè seo càil nam aghaidh. Cha do leig mi às i gus an robh i air socrachadh.

"What the 'ell wos he doin' wiv my daughta's shoe, then?"

"It fell off. He was trying to help. Where we're from, it's fine. But not in London, isn't that right, *Dad*?"

Cha robh fhios aige dè bha air tachairt ach cha robh am baga purpaidh a' bragadaich mu cheann tuilleadh. Bha cho math dha aontachadh rium. Ghnog e a cheann. Sheall am boireannach rinn gu mì-earbsach agus thog i an nighean na gàirdeanan.

"Tell 'im, if 'e wants to live in England, 'e best learn a bit fahsta," thuirt i.

Ghabh i grèim air làimh na h-ighne agus dh'fhalbh i gu greannach. Leig a h-uile duine a bh' anns an Leabharlann osann leis an fhaochadh.

Thabhaich mi m' uilinn air an duine, a bha fhathast cho geal ris an t-sneachda, agus choisich sinn air falbh bhon t-sluagh. Ann an ceann mionaid, bha an t-àite air tilleadh gu còmhradh sàmhach agus leughadh aonaranach. Fhad 's a bha sinn a' dèanamh ar slighe tarsainn an rùm, dh'innis mi dha gur e Susan a chunnaic gun robh e ann an trioblaid agus a dh'innis dhomh dè bu chòir dhomh a dhèanamh. Gum bu chòir dhomh cantainn gur e an nighean aige a bh' annam. Gum faca ise gun robh e dìreach a' feuchainn ris an leanabh a chuideachadh.

Chunnaic mi gun robh Susan gar coimhead le iongnadh. Bha i air a h-uile càil fhaicinn agus tha mi cinnteach gun robh i a' smaoineachadh gur e mise a chuir an sealladh ud air dòigh. Bha i a' feuchainn ri obrachadh a-mach cò às a fhuair mi am boireannach 's a nighean bheag cho luath. Tha mi a' smaoineachadh gun robh i cho mòr air a h-uabhasachadh 's gun do dhìochuimhnich i am feagal aice gus an robh sinn nar seasamh air a beulaibh.

". . . and this is Susan. Susan, this is Henry."

Rinn Henry gàire mòr agus thabhaich e làmh thapaidh, phinc oirre. Rug i oirre, agus, mar gum biodh a misneachd air tighinn thuice tro na corragan aige, thill a guth agus thòisich iad a' bruidhinn mar sheann charaidean. Leig mi orm gun robh mi a' leughadh leabhar air cogadh Vietnam, gan coimhead gun fhiost, gu pròiseil. Mu dheireadh, chunnaic mi Henry a' sgrìobhadh rudeigin 's a' falbh, sgàilean fo ghàirdean, agus a' seinn òran beag fo anail. Chaidh mi gu luath far an robh Susan, a h-aodann beò le toileachas. Bha e air an àireamh fòn aige a thoirt dhi agus bha iad gu bhith a' dol a-mach airson biadh air an deireadh-seachdain. Bha e fiù 's air a chantainn gun robh e air a bhith feuchainn ri bruidhinn rithe airson ùine ach gun robh e ro shocharach.

"What do I owe you?" thuirt i, a' togail sporan às a baga. Thàinig e a-steach orm nach robh mi air smaoineachadh dè bu chòir dhomh iarraidh airson mo sheirbheisean.

"I hadn't really thought that far ahead, to be honest."

Chuir i ultach notaichean nam làimh: "I think this should be fair."

Cha do chunnt mi an t-airgead mus do chuir mi e na mo phòcaid ach bha fhios agam gun robh tòrr ann. Thug mi taing dhi agus thug ise pòg dhòmhsa air gach pluic. Leis a' chiad latha agam nam obair ùr seachad, dh'fhalbh mi air ais dhachaigh airson tilleadh gu mo leabaidh. Dh'fhosgail mi an doras agus sheall mi mun cuairt. Bha am flat agam ann am mess. Bha an t-sinc làn shoithichean agus cha mhòr nach do thuit mi air paidhir dhrathars a bha ann am meadhan làr a' chidsin.

Bhithinn ag ràdh rium fhèin gur e obair an taigh-òsta bu choireach – cò a tha airson sgioblachadh an dèidh latha fada a' glanadh? Ach, airson an fhìrinn innse, 's e creutair mì-sgiobalta a th' annam a' chuid as motha dhen teathade. Chuir mi romham gun dèanainn e nuair a dhùisginn feasgar. Bhiodh teathad' agam mus robh agam ri dhol a dh'obair aig sia uairean. Bha mi air seo a chantainn rium fhèin airson ceala-deug agus bha e air obrachadh glè mhath gu ruige seo.

Beag-fhaclair Caibideil V

cha mhòr nach   *almost*
gun coinnicheadh sinn   *that we would meet*
caran soilleir   *rather obvious*
bruaich na h-aibhne   *the bank of the river*
fo sgàilean   *under parasols*
meuran   *yawn*
cha chaomh leam   *I don't like*
fiadhaich agus troimhe-a-chèile   *angry and upset*
a h-uile feith a' gearain   *every muscle complaining*
dh'aithnich mi i san spot   *I recognised her at once*
mar a bha mi an dùil   *as I expected*
iongnadh   *surprise*
air sgèith   *had flown*
às dèidh sin   *despite all that*
tlachdmhor   *attractive*
corp   *body, figure*
osann throm   *heavy sigh*
rànail   *crying*
taing do shealbh   *thank goodness*
balgam teatha   *swig of tea*
bha bliadhna gu leth bho dhealaich   *they had separated a year
    ago*
òinseach   *silly*
drathars   *underpants*
dè an taing a fhuair i?   *what thanks did she get?*
creutair amh   *a naive young woman*
a' gearradh fionnadh chon   *cutting dogs' hair*
cha bu dùraig   *didn't like to*
sòlas   *pleasure*
cha b' e gun robh feum aic' air an airgead   *not that she needed the
    money*
ciont   *guilt, guilty feelings*

a h-uile dàrna seachdain   *every second week*

dè am feum a bha sin   *what was the point of that*

toileachas blàth   *warm pleasure, joy*

taghadh   *choosing*

dhùthchannan   *countries*

gum bithinn deiseil   *that I would be ready*

diùltadh   *refuse*

airson nan gnothaichean againn   *for the things we'd had*

bha mo mhionach a' rùchdail   *my tummy was rumbling*

a chur ann an òrdugh   *to organise*

na bu shàmhaiche   *quieter*

an tè bhriathrach   *the talkative one*

mhol duine no dithis an latha rithe   *one or two people said hallo/'Good morning'*

cha do rinn i càil ach a ceann a ghnogadh   *she only nodded*

dùn   *pile, stack*

misneachd   *confidence*

gualainnean   *shoulders*

a' sgrùdadh   *searching*

m' aghaidh   *my face*

adhbhair earbs' a chur annam   *reason to trust me*

amharasach   *suspicious*

sgeilp   *shelf*

taobh an dorais   *beside the door*

a dh'fhaodadh a bhith ann   *that it could be*

tuathanaich   *farmer's*

sgàilean   *umbrella*

pat   *pat*

slaic   *blow*

a' guidheachdainn   *swearing*

ga phronnadh   *battering him*

gun tionndaidheadh   *that she would turn*

dh'fhaodadh gun robh e airidh air   *perhaps he deserved it*

anns an onghail 's an ùpraid   *in the commotion*

lùths   *energy*

fhuair mi grèim air a' bhoireannach   *I caught hold of the woman* a' breabadaich   *kicking*

taobh mo mhàthar   *from my mother's side of the family*

cha dèanadh an tè seo càil nam aghaidh   *this woman could not cope with me*

air socrachadh   *had settled down*

a' bragadaich mu cheann   *(blows) down on his head*

tuilleadh   *any more*

bha cho math dha aontachadh rium   *he was as well to agree with me*

mì-earbsach   *doubtful*

gu greannach   *grumpily*

leis an fhaochadh   *with relief*

thabhaich   *offered*

m' uilinn   *my elbow*

bhon t-sluagh   *from the crowd*

aonaranach   *lonely*

trioblaid   *trouble*

cantainn   *saying*

le iongnadh   *in amazement*

a' feuchainn ri obrachadh a-mach cò às a fhuair mi am boireannach   *trying to work out where I'd got the woman from*

a h-uabhasachadh   *to embarras her*

thabhaich e làmh thapaidh   *offered his strong arm*

seann   *old*

leig mi orm   *I let on, pretended*

gun fhiost   *unawares*

gu pròiseil   *proudly*

toileachas   *joy*

ro shocharach   *too shy*

ultach   *pile*

tòrr   *a lot*

air gach pluic   *on each cheek*

ann am mess na galla   *in an awful mess*

bha an t-sinc làn shoithichean   *the sink was full of dishes*

bu choireach   *to blame*

sgioblachadh   *tidying*
creutair mì-sgiobalta   *an untidy person*
chuir mi romham gun dèanainn e nuair a dhùisginn   *I decided to do it when I awoke*
bha e air obrachadh   *it had worked*

Caibideil VI

Geàrr-chunntas

Curtis is impressed to see that Jessie has received £100 for her services. They go to the bar to have some celebratory drinks and Jessie begins to realise that Curtis is more handsome than she had noticed. By the time they are on the way home, she is rather the worse for wear and thinks that he might kiss her. He goes to remove a mark from her face and she falls through the front door. Curtis picks her up and then leaves, laughing loudly. Jessie throws up in the garden and is thankful that no-one saw her.

Bha an Embassy air a bhith sgreataidh trang 's cha robh mi air stad fad na h-oidhche. Bha Curtis na fhallas sa chidsin, suas gu amhaich ann am panaichean pasta agus slisean mòra feòla. Bha uiread de dh'òrdughan ann 's gun do rinn mi mearachd le dà bhòrd. Nuair a dh'innis mi dha Curtis, shad e pana dhan t-sinc le èigh, agus thàinig struth de dh'fhacail eagalach a-mach às a bheul. An uair sin, cheartaich e an t-òrdugh agus rinn e gàire rium.

"Now, dahn't mess it up again or I'll make you inta them 'orrible Scottish biscuits . . . shortbreads, yeah?"

Chan eil e a' toirt fada ionnsachadh, nuair a tha thu ag obair ann an taigh-òsta, gur e daoine frionasach a tha ann an còcairean. Chan eil ann ach comhartaich, ach bheir e leum asad gu math tric. Nise, seach gur e caraidean a bh' annainn, cha robh Curtis a' trod rium ro thrice, ach, aig an aon àm, cha b' urrainn dha bhith diofaraichte leamsa am fianais chàich. An dràsta 's a-rithist, gheibhinn mo dhonas agus bha sin gar cumail uile dòigheil. Nuair a bha an

oidhche seachad agus sinn nar suidhe còmhla anns a' bhàr,
bha e cho sona ri bròg a-rithist – ga h-àraidh nuair a dh'innis
mi dha mun mhadainn a bh' agam.

"An 'undred quid! I'm in the wrong bleedin' job."

Bha e air a bhith beagan duilich nach d' fhuair e air a
thighinn còmhla rium, ach nuair a dh'innis mi dha mar a
thachair, bha e uabhasach moiteil asam. Dh'fhairich mi blàths
ag èirigh na mo mhionach agus dh'fhàs m' aghaidh pinc.
Bha an dithis againn a' gàireachdainn mun bhoireannach
a' bualadh an duine bhochd nuair a thòisich fòn Curtis a'
deanamh bìogail bheag. Thuirt e gun robh e duilich agus
fhreagair e e. Dh'aithnichinn air a ghuth gur e a mhàthair a
bh' ann. Ged a bha e a' bruidhinn ann an Swahili, bha e
follaiseach air cho meanbh 's cho modhail 's a bha e.

Bha mi a' coimhead air Curtis fhad 's a bha e a' bruidhinn
agus mhothaich mi, airson a' chiad turas, cho eireachdail 's
a bha e. Cha robh mi air faicinn na dimples na phluicean
roimhe, no mar a bhiodh e a' bìdeadh a liop le fiacail gheal
nuair a bhiodh e ag èisteachd gu cruaidh. Bha frasgan a
shùilean cho fada ri freastal agus, fòdhpa, bha na sùilean
fhèin domhainn, donn agus aoibhneach. Cha robh mi
cinnteach carson nach robh mi air fhaicinn roimhe. 'S e
an deoch a th' ann, smaoinich mi mu dheireadh. Bha mi
dìreach a' faireachdainn beagan pròiseil an dèidh cho math
's a chaidh cùisean sa mhadainn. Ach fhathast, cha b'
urrainn dhomh sùil a thoirt air na sliasaidean cruaidh aige
gun an anail a bhith a' fàgail mo sgamhanan.

"Y'awright?"

"I'm fine," thuirt mi, a' faighinn grèim orm fhèin gu
luath, taingeil nach robh fhios aige dè bha mi a' smaoinea-
chadh.

"Good. Right, one more, then I'll walk you 'ome. But no
snoggin' at the door. I know wot you're like! Ha, ha."

Thòisich mi a' lachanaich ro àrd agus ro luath. *Tha seo
uabhasach*, smaoinich mi. Agus bha e an-còmhnaidh a'
tachairt dhòmhsa! Cho fhad 's nach robh mi a' gabhail

ùidh sam bith ann an duine (a bharrachd air mar charaid), bha sinn ceart gu leòr. Cho luath 's a mhothaichinn cho brèagha no cho blasta 's a bha e, bha mo bheul a' tiormachadh agus cha robh facal ciall agam na mo cheann. Bha mi na bu mhiosa na Susan. Mar sin, cha robh mi air a bhith ro dhèidheil air na boyfriends a *bha* air a bhith agam, oir b' iadsan an fheadhainn ris am bruidhninn. Chan fhaodadh seo tachairt le Curtis. Cha robh caraid eile agam ann an Lunnainn cho math ris-san agus cha robh mi dol a' leigeil le ochd Bacardis agus pinnt leann sin a mhilleadh. *I don't fancy him, I don't fancy him, I don't fancy him* . . . thuirt mi rium fhèin, fad na slighe chun an dorais agam.

"Well, this 's me. G'night, Curtis."

Chuir mi an iuchair dhan ghlais agus thionndaidh mi i. Dh'fhosgail mi an doras ach chuir e a làmh air mo ghàirdean agus stad mi. Smaoinich mi airson mionaid gun robh e a' dol a thoirt pòg dhomh. Thionndaidh mi agus, nam sheasamh air an step, cha mhòr nach ruiginn amhaich. Bha mìle smuain a' ruith tro mo cheann. Am bu chòir dhomh? Dè mu dheidhinn m' obair? Ar pròiseact ùr? Dè thachradh mura biodh e math agus an uair sin bhiodh againn ri bhith a' faicinn a chèile agus bhiodh fios aig daoine . . .?

"You've got somefing on your face."

"Wha'?"

Dh'imlich e corrag agus ghlan e salchar air choreigin bhom aodann. Bha e cho aotrom agus cho faiceallach 's gun do dh'fhairich mi mo chasan a' fàs cugallach. Ghabh mi grèim air làimh an dorais airson mi fhèin a chumail an-àirde ach, gu mì-fhortanach, bha mi air dìochuimhneachadh gun robh an doras fosgailte mar-thà. Thuit mi troimhe, chun an làir, le brag. Chùm an deoch am pian air falbh ach cha do rinn i mòran airson mo nàire. Gu h-àraidh nuair a chunnaic mi gun robh Curtis gus bàsachadh a' gàireachdainn.

"Iss no' funny."

"It bloody is," thuirt e, a' suathadh, le gàirdean a sheacaid, nan deòir a bha air sruthadh sìos aghaidh.

Thog e mi na ghàirdeanan gun duilgheadas sam bith agus sheas e mi air a bheulaibh. A-nis, cha robh mi a' ruigsinn ach a bhroilleach. Thug e pòg luath dhomh mun cheann agus dh'fhalbh e a-mach dhan oidhche. Chluinninn e a' gàireachdainn ris fhèin 's e a' dol a-mach à sealladh. Rinn mo chridhe car a' mhuiltein agus cha robh mo stamag fad' air a chùlaibh. A' dìobhairt anns na craobhan beaga sa ghàrradh air beulaibh an togalaich agam, thug mi taing nach robh mòran dhaoine a-muigh air oidhche Luain. Agus nach robh Curtis air m' fhaicinn. Bha mi air òinseach mòr gu leòr a dhèanamh dhìom fhèin airson aon oidhche.

Beag-fhaclair Caibideil VI

sgreataidh trang   *horrendously busy*
na fhallas   *sweating*
uiread   *so many*
mearachd   *mistake*
èigh   *shout*
frionasach   *temperamental*
comhartaich   *yelping*
bheir e leum asad   *makes you jump*
am fianais chàich   *in full view of the others*
gheibhinn mo dhonas   *I would get hell*
cho sona ri bròg   *as happy as can be (as a shoe)*
nach d' fhuair e air a thighinn   *that he hadn't got to come*
moiteil asam   *proud of me*
mionach   *stomach*
follaiseach   *obvious*
cho meanbh 's cho modhail   *how meek and polite*
eireachdail   *handsome*
na phluicean   *in his cheeks*
frasgan a shùilean   *eyelashes*
cho fada ri freastal   *as long as forever (providence)*
fòdhpa   *under them*
aoibhneach   *cheerful*
na sliasaidean cruaidh aige   *his firm thighs*
a' faighinn grèim orm fhèin   *getting a grip of myself*
lachanaich   *laughing loudly*
blasta   *tasty*
tiormachadh   *drying up*
an fheadhainn ris am bruidhninn   *the ones I could speak to*
fad na slighe   *all the way*
imlich   *lick*
salchar   *dirt*
cugallach   *shaky*

ghabh mi grèim air làimh an dorais   *I caught hold of the door handle*
pian   *pain*
mo nàire   *my embarrassment*
gus bàsachadh a' gàireachdainn   *almost dying laughing*
a' suathadh   *wiping away*
car a' mhuiltein   *somersaults*
a' dìobhairt   *being sick, vomiting*
an togalach agam   *my building*
bha mi air òinseach mòr gu leòr a dhèanamh dhìom fhèin   *I had made
    enough of a fool of myself*

Caibideil VII

Geàrr-chunntas

She wakes the next morning feeling very hungover and heads to the shop for provisions. While there she overhears her neighbour, the scary Christine, complaining about the vomit in the garden. After she has left, Ashok, the owner of the shop and an all-round cheerful sort, teases her, as he can tell from her face that she was responsible. She leaves the shop and finds a group of neighbours standing around the vomit. In order to appease them, she says that she will clean it up. Christine remains after the others have left and tells her that she knows about her work and needs her help. Her husband is depressed and she wants Jessie to pretend to be a psychiatrist. Jessie agrees reluctantly and goes back to her flat. There is a knock at the door but all she finds is a mysterious letter.

Dhùisg mi an ath mhadainn le solas an latha a' dol trom cheann mar sgian. Dhùin mi mo shùilean agus mhiannaich mi gun tilleadh an cadal, ach cha robh cothrom air. Bha mo mhionach falamh agus bha fhios agam, nam bithinn airson hangover eagalach a sheachnadh, gun robh agam ri rudeigin ithe gu luath. Le mòr-osnaich, tharraing mi mo chorp às an leabaidh agus rinn mi air a' chidsin. An toiseach, thug mi sùil aithghearr anns a' frids. Cha robh ann ach leth uinnein, pìos càise a bha ro aost' (fiù 's airson càise) agus iogart le feusag. Cha robh na preasan na b' fheàrr. Lorg mi tiona sweetcorn agus pacaid fajita seasoning. Cha robh càil air a shon – bha agam ri dhol dhan bhùth. Chuir mi orm a' chiad rud a lorg mi air an làr, mo chòta tiugh agus paidhir trainers. Cha do sheall mi dhan sgàthan no cha bhithinn air an taigh fhàgail.

Air mo shlighe a-mach, chunnaic mi an lòn a thàinig
asam an oidhche roimhe na laighe aig bonn a' ghàrraidh
agus thionndaidh mo stamag. Choisich mi seachad air gu
cabhagach agus rinn mi air a' bhùth aig ceann an rathaid. B'
e Ashok a bh' air an duine leis an robh a' bhùth agus b' e
Sikh a bh' ann. Bha e an-còmhnaidh gasta rium, gar bith dè
cho dona 's a bha mi a' faireachdainn. Gu math tric,
bheireadh e dhomh rolaichean no cèicichean a bha air
am fàgail aig deireadh an latha. Ged a bhiodh tu ann aig
naoi uairean sa mhadainn no meadhan-oidhche, bhiodh
facal càirdeil agus almond croissant aige dhut. Dh'fhaigh-
nich mi dha turas dè bha ga fhàgail cho dòigheil agus thuirt
gur e an t-ainm aige a bh' ann. Bha e a' ciallachadh 'one
without sorrow' – agus b' ann mar sin a bha e.

Nuair a choisich mi a-steach, bha e fhèin agus Christine,
màthair òg a bha a' fuireach an ath-dhoras dhòmhsa, a'
lachanaich.

Bha iad gu math dòigheil, ach nuair a chuala mi i a'
tòiseachadh a' gearain mun lèig dìobhairt a bha anns a'
ghàrradh ri taobh, chrùb mi sìos air cùlaibh pacaid corn-
flakes. Dh'fhuirich mi gus an do dh'fhalbh i mus deach mi
chun a' chuntair le mo ghnothaichean. Thug Ashok aon sùil
air m' aghaidh ghlas is mo làmhan critheanach.

"Aha!" thuirt e gu h-àrd, "I think I can tell who was sick
last night. If you don't buy discount washing-up soap, I will
tell Christine it was you . . . then you'll be in trouble."

Bhitheadh gu dearbh. Bha Christine a' cur feagal mo
bheatha orm.

"Please don't tell her. I'll even buy the peach stuff that
no-one likes."

Chuir e dà bhotal dhan phoca phlastaig le na rudan eile a
bha mi air a cheannachd. Agus, an uair sin , shad e fear eile
ann an-asgaidh.

"To clean up that mess, Jess. Oh! Did you hear that?
Clean up the mess, Jess. It is like a poem."

Thog mi mo phoca agus thuirt mi ris nach fhacas bàrd

dhe shamhail riamh roimhe 's nach fhaicte a-rithist. Bha e
fhathast a' gàireachdainn nuair a dhùin mi an doras air mo
chùlaibh. Sheall mi sìos an rathad agus, mo chreach 's mo
chreubhag, bha buidheann de bhoireannaich bhon togalach
agamsa, *agus* bhon ath-dhoras, air cruinneachadh timcheall
air mo dhìobhairt. Bha sianar dhuibh ann gu lèir agus bha
iad a' bruidhinn ann an guthan ainmeineach. Smaoinich mi
airson mionaid gum feuchainn ri faighinn seachad orra gun
fhiost, ach bha iad air an doras a lìonadh agus chan
fhaighinn a-steach. Chuir mi sìos mo phoca agus sheas
mi air am beulaibh:

"Excuse me. I'm really sorry, but that was me. I've
bought some peach stuff to clean it up with, see . . ."

Thog mi na botail às a' phoca airson sealltainn dhaibh
agus dh'fhairich mi am fearg a' sìoladh sìos.

"I am very sorry. It won't happen again."

Ged a bha mi a' faicinn gun robh dithis dhiubh fhathast a'
smaoineachadh gur e salchar a bh' annam, thuirt iad uile
gun robh e math gun do dh'aidich mi gur e mis' a bh' ann
agus – cho fad 's nach tachradh e a-rithist – bha e 'awrigh',
lav'. Thug mi taing dhaibh airson am mathanas agus, le mo
cheann crom, rinn mi air an doras. Bha Christine fhathast
na mo rathad, ge-tà. B' e creutair fiadhaich a bh' innte. Bha
fàinneachan òir oirre air gach corrag, agus eadar a h-ìnean
fada dearg bha siogarait crochaichte. Bha leth-ghàir' air a
h-aghaidh mar a chitheadh tu air crocodile.

"I was readin' the paper the ovva day and I seen somein'
abaht a girl called Jessie doin' actin' and that and I fought,
awright then, bit of a coincidence seein' as it's our area's
number and that. So I called and, lo and be'old, I 'eard this
little Scotch voice."

"Do you need something, Christine?" thuirt mi, a' feu-
chainn ri mo ghuth a chumail cho aotrom 's a ghabhadh.

"I need your 'elp, lav."

Cha tug i fada ag innse dhomh mun trioblaid a bh' aice
na beatha. Bha an duine aice, Barry, air a bhith falbh le a

charaidean dhan Fhraing a h-uile bliadhna. Fhad 's a
bhiodh iad an sin, bhiodh iad a' coimhead ball-coise, ag
ithe chips agus ag òl pinntean leann gus an tuiteadh iad. An
aon rud a bha iad a' dèanamh aig an taigh, ach ann an àite
teth. Thilleadh e le pocannan làn deoch-làidir agus siogar-
aits bhon duty-free agus bhiodh tòrr còmhraidh aige mu
cho math 's a bha an turas dhan Fhraing –

". . . *apart from all the bloody French people*! That's wot 'e
ses. Aww, 'e loves 'em 'olidays. But nah, 'e don' wan' ta go.
Ses 'e ain' in the mood."

Cha robh i a' tuigsinn idir carson nach robh e airson falbh
air an turas dhan Fhraing a' bhliadhna ud agus bha i ag
iarraidh ormsa faighinn a-mach.

"I'm sorry," thuirt mi gu faiceallach, "but I think what
you need is a private detective."

Stamp i an t-siogarait a-mach le a bròig agus thuirt i gu
caiseach, "Nah, I bleedin' don' – I nah whas wrong. 'Ees got
that fing, depression. 'E won' go an' see the blahdy GP
neiva cos 'ees on disability an' don' want all 'em questions. I
need you to be a psychic-wotsit and tell 'im to geroff 'is
arse."

"A what?"

"Y'nah, one of 'em doctas wot deals wiv peoples' 'eads."

Chan eil fhios a'm an e gun robh mi leth-mhionaid bhon
bhàs leis a' hangover, ach thuirt mi rithe gu feuchainn. Le
sin, leig i às mi. Chaidh mi suas an staidhre cho luath 's a b'
urrainn dhomh gun tuiteam agus ghlas mi an doras air mo
chùlaibh. An uair sin sheall mi air na gnothaichean a bha mi
air a cheannachd sa bhùth. Lof, tiona baked beans, hama
fhuar, sùgh orains agus *trì* botail siabann peach airson nighe
shoithichean. Och, uill, cha bhàsaichinn às deidh nan uile!
Rinn mi mo bhracaist agus bha mi dìreach air suidhe leis an
fhorc aig mo bheul nuair a chuala mi gnogadh air an doras.
Cha mhòr nach do dh'fhàg mi e, cinnteach gur e Christine a
bhiodh ann le barrachd amaideas mun duine aice, ach cha
b' ann tric a bha duine a' tighinn a chèilidh orm. Stob mi na

b' urrainn dhomh na mo bheul agus dh'fhosgail mi an doras.

Cha robh duine ann. Sheall mi suas agus sìos a' hàlla, ach, gu dearbh, cha robh sgeul air duine. Smaoinich mi gur dòcha gur e mo mhac-meanma a bh' ann nuair a chunnaic mi a' chèis bheag aig mo chasan. Bha m' ainm sgrìobhte oirre ann an litrichean curlach. Thug mi a-steach i agus rinn mi cinnteach gun robh an doras glaiste air mo chùlaibh. Dh'fhairich mi mar detective ann an seann film, dubh is geal. Gumshoe. Dh'fhosgail mi i gu slaodach, beagan feagail orm gum biodh bom no anthrax na broinn. Cha robh càil air a' chèis a dh'innseadh dhomh cò às a bha i air tighinn, agus a bharrachd air m' ainm fhèin cha robh ach am facal PRIVATE sgrìobhte oirre ann an litrichean mòra. Bha mo chridhe na mo bheul nuair a tharraing mi a-mach am pìos pàipeir. A' chiad rud a chuir iongnadh orm, 's e gun robh e sa Ghàidhlig.

Coinnich rium aig a' bhùth aig sia uairean a-nochd. Tha surprise agam dhut. Bho?

Sheall mi am broinn na cèis a-rithist. Chrath mi i airson a bhith cinnteach. Sheall mi air gach taobh dhen phìos pàipeir. Cha robh càil eile sgrìobhte. Bha seo annasach ga-rìribh. Cha robh an sanas air a bhith anns a' phàipear ach airson beagan a bharrachd air ceala-deug agus bha mo bheatha air fàs gu math trang. *Uill,* smaoinich mi, a' cur forc làn beans na mo bheul, *tha mi ag actadh airson airgead. Nach e sin dìreach a bha mi ag iarraidh?*

Beag–fhaclair Caibideil VII

trom cheann   *through my head*

mhiannaich   *I wished*

cha robh cothrom air   *there was nothing else for it*

mòr-osnaich   *deep sighs*

tharraing   *dragged*

sùil aithghearr   *a quick look*

feusag   *fungus*

an lòn a thàinig asam   *the pool (of vomit) that I had produced*

thionndaidh mo stamag   *my stomach turned*

gar bith dè cho dona   *however bad*

an ath-dhoras dhòmhsa   *next door to me*

a' lachanaich   *laughing out loud*

lèig dìobhairt   *pool of sick*

mo ghnothaichean   *my messages/shopping*

critheanach   *shaky*

feagal   *fear*

a bha mi air a cheannachd   *that I had bought*

an-asgaidh   *free of charge*

nach fhacas bàrd dhe shamhail riamh roimhe 's nach fhaicte a-
   rithist   *his like as a poet had never been seen before and would never
   be seen again*

mo chreach 's mo chreubhag   *an expression of shock*

ainmeineach   *angry*

gun fhiost   *unseen*

dh'fhairich mi am fearg a' sìoladh sìos   *I felt their anger subsiding*

salchar   *wretch*

gun do dh'aidich mi   *that I confessed*

mathanas   *forgiveness*

na mo rathad   *in my way*

creutair   *person, especially a woman*

crochaichte   *hanging*

leth-ghàir'   *a half-smile*

trioblaid   *problem*
's a ghabhadh   *as possible*
an aon rud   *the same thing*
gu caiseach   *angrily*
leth-mhionaid bhon bhàs   *half a minute away from death*
gu feuchainn   *that I would try*
leig i às mi   *she let me go*
cha bhàsaichinn às deidh nan uile   *I wasn't going to die after all*
amaideas   *foolishness, silly ideas*
a chèilidh orm   *to visit me*
stob   *stuck, stuffed*
a dh'innseadh dhomh   *to tell me*
a chuir iongnadh orm   *that surprised me*
ceala-deug   *fortnight*

Caibideil VIII

Geàrr-chunntas

The following evening, Jessie is waiting outside the shop for her mysterious meeting. Ashok watches her with amusement. She goes in to tell him about the letter and he reveals that he knows about her work through Christine. She is just about to give up when Uncail Bobaidh arrives. He is an antique dealer and her favourite uncle. While in the flat, she tells him about her new profession and he says that he may have some work for her.

Nam sheasamh air beulaibh na bùtha anns an uisge, sheall mi rim uaireadair agus rinn mi osann. Deich mionaidean an dèidh a sia. Dè bha mi a' dèanamh? B' e seo m' oidhche dheth. Mar bu trice, bhithinn nam shuidhe air beulaibh an telebhisean, a' coimhead na *Simpsons* le mo chasan ann am prais bùrn teth. Chuirinn peant air a h-uile h-ìne (air mo làmhan agus air mo chasan) agus chuirinn acfhainn thiugh, fhàileadhach air m' aodann airson nam pores agam. An uair sin ghabhainn bath mus deighinn sìos chun an Chinese Take-away. An sin, gheibhinn àireamhan 5 (spring rolls), 17 (crispy chilli chicken) agus 39 (fried rice). Bha an aon rud agam a h-uile turas, oir chan eil mi math air taghaidhean a dhèanamh. Mar sin, tha mi an-còmhnaidh a' cumail ris na h-aon rudan. Boring? Tha mi creids, ach chan urrainn dhut a bhith ùidheil anns a h-uile dòigh.

An dèidh dhomh sin a chrìochnachadh, dh'fhònaiginn mo phàrantan agus dh'innsinn dhaibh cho math 's a bha cùisean a' dol agus nach biodh fada gus am faiceadh iad mi sa cinema. Mo bhreugan beaga seachad, bhiodh an t-àm air tighinn airson *Eastenders*, agus chumadh na prògraman orra gus an robh agam ri dhol dhan leabaidh. Dh'fhaodte cantainn gur e beatha caran falamh a bh' ann ach cha bhiodh e gam fhàgail nam sheasamh mar amadan, cho fliuch ri sgadan air an t-sràid, leam fhèin. Uill, cha robh mi *buileach* leam fhèin. Bha Ashok gam choimhead tron uinneig.

"What are you doing?!" dh'èigh e tron ghlainne.

Dh'fhosgail mi an doras airson innse dha, ann an guth sàmhach, gun robh mi a' feitheamh ri cuideigin. A' faicinn gun robh mi a' feuchainn ri seo a chumail dìomhair, thàinig Ashok a-nall thugam agus dh'fhaighnich e gu sàmhach an robh e cò-cheangailte rim obair ùr. Dh'fhosgail mi mo bheul le iongnadh agus dh'innis e dhomh gun robh Christine air innse dha gun robh mise a' dol ga cuideachadh le Barry. Thuirt mi ris nach robh mi cinnteach mu dheidhinn fhathast ach chrath Ashok a cheann gu sòlaimte.

"If you say you can help her, then you better. Ashti told her that she would give her help with furniture but then she hurt her back lifting jars of pickle. Well, Christine would not come here for months. She is very proud. Isn't that right, Ashti?"

Nochd ceann bean Ashok bho chùl a' chuntair. "That is not the word that I would use."

Thòisich mi a' gàireachdainn agus thuirt mi gum bithinn ceart gu leòr. Thug Ashok dhomh pìos de bhonnach a bha air fàs bog agus thill mi gu m' àite ri taobh na bùtha. Bha e a-nis cairteal an dèidh a sia. Bha fhios a'm nach robh e a' dèanamh ciall feitheamh anns an uisge nas fhaide, ach cha bu dùraig dhomh falbh *just-in-case* gun nochdadh an sgrìobhaiche cho luath 's a dh'fhalbhainn. Chuir mi rom-ham gu fuirichinn gu fichead mionaid an dèidh a sia 's an uair sin gun deighinn dhachaigh. Bha e air tighinn a-steach orm gur dòcha gur e cleas a bh' ann. Ann an aon dhe na h-uinneagan, bha deugairean mì-mhodhail ga mo choimhead agus a' gàireachdainn. An uair sin, chuimhnich mi gun

robh an litir ann an Gàidhlig. Ge bith dè cho ealanta 's a bha
iad nan cleasachd, cha robh mi a' smaoineachadh gum
biodh iad air Gàidhlig ionnsachadh dìreach airson an
oidhche agamsa a mhilleadh.

Ceart. Fichead mionaid an-deidh. Daing! Bha mi air fàs gu
math excited a' smaoineachadh air mo mhystery client. *Ach,
uill . . . na gabh dragh.* Bha Christine fhathast agam agus,
nan gabhainn comhairle Ashok, coinneamh le Barry cui-
deachd. Tharraing mi mo chòta teann timcheall orm agus
thòisich mi a' ruith chun a' flat agam, mo dha bhròg fliuch
agus a' dìosgail. Bha mo làmh air an doras nuair a chuala mi
cuideigin ag èigheachd m' ainm. Thionndaidh mi agus, na
sheasamh an sin le sgàilean agus aodach tioram, bha m'
Uncail Bobaidh.

Leig mi sgreuch thoilichte agus chaidh mi nam ruith
thuige. Mus d' fhuair e air stad a chur orm, bha mi air mo
dhà ghàirdean a shadail timcheall air agus air aodach a
fhliuchadh. Rinn e lachan agus thug e dhomh pòg mum
cheann.

"M' eudail, tha mi duilich. An robh thu a' feitheamh
fada? An trafaig sa bhaile seo!"

"Tha sin all right," thuirt mi.

"Trobhad gu 'n tèid sinn a-steach, ma-thà. Gu sealladh
orm, tha thu cho fliuch ris a' chù!"

Ghnog mi mo cheann luath agus ruith mi chun an dorais.
Às spot 's a bha e anns a' flat, thòisich am panic. Dè
chanadh e nam faiceadh e staid a' chidsin no mo rùm-
cadail? Thuirt mi ris fuireachd anns an rùm-suidhe, am fear
as sgiobalta san taigh, agus thòisich mi a' sadail aodach
dhan phreas agus a' cur na bha air fhàgail fon leabaidh. 'S e
duine sgiobalta a th' ann an Uncail Bobaidh agus cha robh
mi airson gu faiceadh e an troimhe-a-chèile anns an robh mi
beò.

Bho bha mi beag, b' e Bobaidh an t-Uncail a b' fheàrr
leam. Bha e na b' aosta na m' athair ach shaoileadh tu gun
robh e na b' òige. Bha e ag obair air feadh an t-saoghail, a'

reic antiques, agus bhiodh preusant snog aige dhomh an-còmhnaidh. Bha e air a bhith ag obair ann an Malaysia airson dà bhliadhna agus cha robh mi air fhaicinn airson ùine. Mar sin, bha an cèilidh seo na adhbhar mòr-thoileachais dhomh. Barrachd air a sin: b' e urram a bh' ann. Cha robh Uncail Bobaidh tric anns an dùthaich fada agus bha tòrr dhaoine a bhiodh ag iarraidh fhaicinn.

"Ceart," thuirt e, nuair a thill mi, m' anail nam uchd, "am faigh mi an Grand Tour 's tu a-nis air d' aodach fhalach fon leabaidh?"

Rinn mi gàire ciontach. Cha chuirinn càil seachad air!

Cha tug an 'Grand Tour' tron flat beag bìodach agam uabhasach fada. Lean e mi tron taigh, ag ràdh rium cho snog 's a bha a h-uile rud, agus mu dheireadh shuidh sinn airson copan teatha. Bha teatha shònraichte aige na bhaga bho bhaile sna h-Innsean. Bha fàileadh dhith mar liquorice agus thuirt e gun cuidicheadh i mi le mo shlàinte. *Detoxifying* – sin am facal a bhios iad a' cleachdadh anns na magazines. Bha am blas aice neònach ach cha robh e gu diofar. B' e Uncail Bobaidh a thug dhomh i agus mar sin bha e mìorbhaileach.

Bho thionndaidh mi agus bho chunnaic mi esan na sheasamh san uisge, bha an litir air a bhith dèanamh ciall. Bha fhios aige cho dèidheil 's a bha mi air mysteries. Bho bha mi nam nighean bheag, bha fhios a'm nach biodh cèilidh bho Uncail Bobaidh àbhaisteach ann an dòigh sam bith. Bu chaomh leis a bhith gad fhàgail le ceistean. *Tha e rudeigin coltach ri James Bond,* bhiodh mo mhàthair ag ràdh mu dheidhinn. Dhèanadh m' athair fuaim greannach agus chanadh e nach robh a h-uile duine cho fortanach 's gum b' urrainn dhaibh falbh gu Timbuktu nuair a bha iad a' faireachdainn coltach ris. *Tha feadhainn ann le teaghlaichean is morgaids* – is dheigheadh e air ais chun a' phàipeir, a' gearain fo anail nach robh James Bond a' reic wardrobes nas mò.

Shuidh sinn ag òl ar teatha agus dh'fhaighnich mi tòrr

cheistean dha – cò ris a bha Malaysia coltach? Càit an robh e
a' dol air an ath thuras? Dè na h-annasan a bh' aige ri reic?
Airson an fhìrinn innse, bha beagan de dh'iongnadh orm
fhathast gun robh e anns a' flat agam. Nuair a dh'fhaighnich
e dhomh mum obair, cha mhòr nach do thòisich mi ag innse
dha na h-aon bhreugan 's a bhithinn a' toirt dha mo
phàrantan, ach chuir mi stad orm fhèin. Cha leiginn a leas
dragh a ghabhail gum biodh Uncail Bobaidh tàmailteach.
Gu dearbh, nuair a dh'innis mi dha mun phròiseact ùr agam
agam, thuirt e gur e sgeama annasach a bh' ann.

"Agus tha daoine air iarraidh mu thràth? Uill, uill. Cha
chuala mi a leithid riamh, ach ma tha tè san t-saoghal a nì a'
chuis air seo obrachadh, 's e thusa bhios ann."

"Nuair a chunnaic mi an litir agad, bha dùil a'm gur ann
bho customer a bha i."

"O, tha mi duilich. An robh thu uabhasach tàmailteach
nuair a chunnaic thu gur e mise bh' ann?"

Chrath mi mo cheann: "No way!"

"Tha mi toilichte sin a chluinntinn. Ach, nuair a smaoi-
nicheas mi air, 's dòcha gu bheil job beag agam dhut. Am bi
thu a-staigh madainn a-màireach?"

Thuirt mi gum bitheadh ach gum bithinn ag obair anns
an taigh-òsta bho mheadhan-latha. Thog e a chòta agus am
baga leathair aige agus thuirt e gu faiceadh e mi anns a'
mhadainn. Le pòg luath, dh'fhalbh e agus bha am flat agam
a' faireachdainn cho falamh ri uamh. Bha an taigh an-
còmhnaidh na b' fhalamh an dèidh dha bhith a' tadhal.

Beag-fhaclair Caibideil VIII

m' oidhche dheth   *my night off*
prais bùrn teth   *a basin of hot water*
acfhainn thiugh, fhàileadhach   *thick, aromatic ointment*
chan eil mi math air taghaidhean a dhèanamh   *I'm not good at making
    choices*
ùidheil   *interesting*
dh'fhònaiginn   *I would phone*
dh'innsinn   *I would tell*
dh'fhaodte cantainn   *it could be said*
caran   *somewhat*
sgadan   *a herring*
dìomhair   *secret*
cò-cheangailte   *connected with*
gu sòlaimte   *solemnly*
bho chùl a' chuntair   *from behind the counter*
bonnach   *cake*
cha bu dùraig dhomh   *I didn't like to*
cho luath 's a dh'fhalbhainn   *as soon as I left*
dheighinn   *I'd go*
cleas   *trick, prank*
ge bith dè cho ealanta 's a bha iad   *however clever they were*
cleasachd   *tricks*
a mhilleadh   *to spoil*
teann   *tightly*
dìosgail   *squeaking*
nam ruith   *running*
sadail   *throw*
lachan   *peal of laughter*
gu sealladh orm   *expression of surprise (mild)*
ghnog   *nodded*
às spot   *immediately*
air a shadail   *thrown*

sgiobalta   *tidy*
troimhe-a-chèile   *mess*
cèilidh   *visit*
na adhbhar mòr-thoileachais dhomh   *gave me great pleasure*
m' anail nam uchd   *breathless*
ciontach   *guilty*
cha chuirinn càil seachad air   *I wouldn't put anything past him*
beag bìodach   *tiny*
dèanamh ciall   *making sense*
àbhaisteach   *predictable*
fuaim greannach   *a grunt*
an ath-thuras   *the next trip*
annasan   *exotic things*
cha leiginn a leas dragh a ghabhail   *I needn't have worried*
tàmailteach   *disappointed*
a nì a' chuis air   *who could do it*
tadhal   *visiting*

Caibideil IX

Geàrr-chunntas

Jessie goes to Christine's house, dressed in a suit and ready to play the part of the psychiatrist. Christine tells her about her relationship with her husband and it is clear that they are very much in love. Barry is quick to see through Jessie's act and becomes upset. However, after some gentle persuasion, he confesses that he has found a strange lump on his back and is frightened to go to the doctor. This is also the reason that he doesn't want to go on his Lads' Holiday. Jessie leaves discreetly and Christine and Barry seem relieved and happier.

Fiù 's tron uinneig bha e soilleir gun robh rudeigin ceàrr air Barry. Bha e a' coimhead an snooker air an telebhisean agus, bha mi cinnteach, cha bhiodh e air mothachadh nam biodh an còrr dhen taigh na theine. An-dràsta 's a-rithist, dh'èireadh corrag gu slaodach agus thòisicheadh e a' cladhach na shròin, a' cur na lorgadh e air gàirdean an t-sèithir. Bha pacaid Rothman Royals aige ri thaobh ach cha robh e gan smocaigeadh.

"See!" thuirt Christine, le coltas truagh. "'Ees even off 'is fags."

Ghabh mi cupa teatha bhuaipe agus shuidh sinn aig bòrd a' chidsin. Bha nàire orm nam shuidhe an sin. Ged a bha còignear chloinne aice, bha a h-uile cùl is còrnair cho sgiobalta ri prìne, gun soitheach no seann phacaid ri fhaicinn. Bha fàileadh nan Rothmans air lì fhàgail air gach rùm ach cha robh salchar ri fhaicinn an àite. Thuirt mi rium fhèin, airson na mìleamh uair, gun dèanainn barrachd oidhirp anns a' flat agam bho seo a-mach. Cha robh mi a' faireachdainn a leth cho m-chofhurtail 's a bha mi an dùil le Christine fhèin, ge-tà. Bha an truas a bh' oirre mun duine aice air a socrachadh agus dh'fhairich mi glè dhuilich air a son.

"So when did it start? Barry's . . . ummm . . . mood?"

Ghabh i balgam mòr dhen teatha aice agus thòisich i. Bha i fhèin agus Barry air pòsadh, an dèidh whirlwind romance (na facail aicese), ann an Gretna Green. Cha robh iad ach sia bliadhna deug agus bha am pàrantan air a dhol às an ciall. Bha iad a' faireachdainn coltach ri Romeo agus *wossername* agus bha iad air a bhith dòigheil còmhla. Bha còig bliadhna deug on uair sin agus bha i fhathast cinnteach gun robh am pòsadh aca làidir. Carson, ma-thà, a bha e air fàs cho sàmhach? Carson nach robh e a' bruidhinn rithe tuilleadh no airson a dhol air an turas aige? Bha i airson gu faighinn-sa a-mach.

An dèidh dhomh mo theatha a chrìochnachadh, sheall mi dhan sgàthan a bha na shuidhe air bòrd san talla. Bha an deise a bh' orm a' coimhead glè mhath ged nach do chosg i ach deich notaichean ann am bùth charthannais. Cha mhothaicheadh Barry co-dhiù. Phiortaich mi mi fhèin agus choisich mi, air cùlaibh Christine, a-steach dhan rùm-suidhe. Bha mi air smaoineachadh beagan air dè chanainn, ach mu dheireadh smaoinich mi gum biodh e na b' fheàrr dìreach faicinn mar a dheigheadh cùisean. Bha mi air leughadh rud no dhà mu dheidhinn saidhc-eòlas agus na ceistean a bhiodh aca, 's mar sin bha mi an dòchas gum bithinn ceart gu leòr. Cha do sheall Barry suas bhon telebhisean nuair a dh'innis Christine dha cò bh' annam. Shuidh mi air a bheulaibh agus thug mi pàipear agus peann a-mach às mo bhaga.

"Good afternoon, Mr Dudley," thòisich mi, "how are you?"

Rinn Barry fuaim tro shròin, a thàinig a-mach mar thrombaid, oir bha i a-nis cho glan.

"Now, Christine tells me you've been a bit down recently. Do you want to tell me about it?"

Chunnaic mi a shùilean a' leum suas gu m' aghaidh agus air ais sìos a-rithist, ach chrath e a cheann.

"Is there any reason why you would be depressed?"

Bha a làmhan a' cluich le putan air a lèine, ach fhathast cha robh e airson mo fhreagairt. *Tha cho math dhomh feuchainn air tac ùr,* smaoinich mi.

"Mr Dudley, if you refuse to answer me, I may have to ask someone from the DSS to take a look at your case."

Bha e mar gun tug na facail sin air dùsgadh. Thog e a cheann agus chunnaic mi beothalachd na shùilean. Nuair a thòisich e a' bruidhinn, bha tùchan na ghuth, oir bha cho fada bho bhruidhinn e ri duine.

"You're not from the bleedin' DSS! You live next door!"

Thionndaidh e gu Christine, agus bha a h-aodann air lìonadh le uabhas. Bha e air tighinn a-steach orm gur dòcha gum biodh fios aige cò bh' annam, ach cha robh mi air fhaicinn barrachd air turas no dhà. Bha mi air m' earbs' a chur ann an Christine, a thuirt nach aithnicheadh e mi. A' coimhead rithese, bha e soilleir nach robh mi air a bhith ro ghlic. Dh'fheuch i ri chantainn gun robh mi ag obair dhaibh *agus* a' fuireachd an ath-dhoras, ach cha robh e gu feum. Bha Barry air an iomagain a thàinig oirnn fhaicinn agus thuig e gur e breugan a bh' againn. Bha mi a' feitheamh airson na feirg. Èigh àrd agus òrdugh clìoraigeadh a-mach às an taigh aige sa mhionaid, ach cha tàinig iad. Chroch e a cheann a-rithist agus rinn e osann.

"Ah, lav. Wot you tellin' me porkies for?"

"Cos you dahn't speak ta me no more."

"Well, wot d'ya expect when ya carry on like this? Bringing all neighbours rand tur 'ave a butcher's at me. I ain't a bleedin' circus act, y'nah!"

Mas do sheall mi rium fhèin, bha argamaid air tòiseachadh eatarra agus bha na guthan Cockney aca air fàs cho luath 's cho ainmeineach 's nach robh mi a' tuigsinn an

dàrna leth. Bha mi a' miannachadh gu mòr dèanamh às
dhachaigh. Nach robh fios air a bhith agam gur e droch
phlana a bha seo? Bha fios air a bhith agam nach bu chòir
dhomh dèiligeadh ris an dithis seo, ach an dèidh cho math 's
a bha cùisean air a dhol le Uncail Bobaidh, bha mi a'
faireachdainn nach b' urrainn dhomh fàilligeadh. Dè bha
mi a' dèanamh?! Thog mi mo bhaga agus sheas mi an-àirde.
Bha Christine orm mar am peilear.

"Where d'yah fink you're goin'?"

"I was going to go – I mean, you don't need me now, so
I'll just . . ."

"You blahdy will not just! Sit dahn. I'm payin' yah, so
you can stay where you are."

Gu slaodach, shuidh mi air ais sìos. Bha grèim teann
fhathast agam air mo bhaga, ach a bharrachd air sin cha
robh mi a' dol an aghaidh Christine. Bha i a' cuimhnea-
chadh dhomh an tidseir seo a bha agam anns a' bhun-sgoil.
Ged a b' ann à Uibhist a bha i agus cho Gàidhealach ri fàd
mònach, bha an aon chumhachd aca nan guthan. Bha e mar
gum biodh Dia fhèin a' trod riut. Mar nighean bheag,
dh'fhuirich mi airson cluinntinn dè bha i a' sùileachadh
bhuam. Cho fad 's a chithinn, bha an argamaid fhathast a'
dol, ach bha iad a' tighinn gu cò-dhùnadh air choreigin. Bha
grèim aig Barry a-nis air làimh Christine agus bha e ag ràdh
rithe cho mòr 's a bha a ghaol dhìse. Chuala mi e ag ràdh
gun robh iad dìreach mar Romeo agus *wossername*, agus
thàinig deòir gu sùilean a mhnatha.

"So why you been so dahn, lav?"

A h-uile uair a thilleadh sinn chun na ceist seo, bha e mar
gum biodh Barry a' fàs fuar. Bha na facail aige an àiteigin
agus bha eagal gan cumail falaichte. Mar bhogsa Phandora,
cò aig' a bha fios dè thachradh nam fosgladh Barry a
chridhe? Bha e na èiginn, bha sin follaiseach, agus thàinig
e a-steach orm gur dòcha gun robh rudeigin a' cur feagal
air. Bha e cho mòr 's nach smaoinicheadh tu gu bràth gum
biodh càil sam bith ann a chuireadh dragh air, ach nuair a

dh'fheuch sinn ri faighinn a-mach dè bha ga fhàgail cho
sàmhach, bha e ag atharrachadh gu balach beag. Gun fhiost
dhomh fhèin, dh'fhaighnich mi dha an robh sìon ann a bha a'
cur feagal air. Sheall e rium gu liùgach. Thuirt e gun robh. An
dèidh beagan putaidh bhuamsa agus bho Christine, thog e a
lèine agus sheall e dhuinn cnap dorch purpaidh air a dhruim
mun aon mheud ri leth-cheud sgillinn.

"Been there a few weeks nah. Jus' keeps gettin' bigga."

Ghabh Christine anail luath. Bha an aon rud air a
thighinn a-steach air an dithis againn. Bha e air a thighinn
a-steach air Barry cuideachd, agus b' ann air sgàth sin nach
robh e airson a dhol air an turas aige no dhan phub no a
dh'àite sam bith eile far am faighnicheadh daoine dha:
' *'Ows it goin'*, *Barry?* Cha robh freagairt aige dhaibh.
Dh'fhaodadh e a chantainn gun robh a h-uile càil mìorbhai-
leach math, ach 's dòcha gun toireadh an dòchas ud breithea-
nas air. Dh'fhaodadh e a chantainn nach robh e gu math.
Gun robh e a' smaointinn gur docha gun robh aillse air. Ach
bha cus feagail air gu tigeadh am facal ud a-mach às a bheul
agus nach biodh dòigh air a chur air ais. Bha e a' fair-
eachdainn mar gun robh gach latha mar bhritheamh, a'
feitheamh air an fhreagairt aige. *Ciontach no neoichiontach?*
Beò no marbh? Dè th' ann, Barry? Dè a th' ann? Fada na b'
fheàrr dìreach a chur a-mach à inntinn. Coimhead an
snooker. Smocaig fag no dhà. Thalla air an turas. Ach
bha an snooker ro shlaodach, cha bu dùraig dha smocai-
geadh, agus nan deigheadh e air an turas, chitheadh iad an
cnap nuair a bheireadh e dheth an t-shirt. Air a chomhar-
rachadh mar bhò le soidhne a' bhàis. Mu dheireadh, chruin-
nich am feagal agus an t-uabhas chun na h-ire 's nach robh
taobh eile ris am b' urrainn dha tionndadh. Cha robh e airson
gum biodh fios aige. Cha robh e airson nach biodh fios aige.

"You have to go to the hospital, Mr. Dudley," thuirt mi.
"It could be nothing."

Dh'aontaich Christine leam: "Y'nah 'ow it is. Always fink
the worst and tha'."

An dèidh mòran brosnachaidh bhon dithis againn, thug sinn air aontachadh gun deigheadh e dhan ospadal a' chiad char sa mhadainn. Bha am faochadh a thàinig air Christine soilleir agus shaoil mi gun robh fiù Barry a' coimhead beagan na bu thoilichte. Dh'fhàg mi beannachd aig an dithis aca agus thog mi orm, le gealladh gun tillinn an ath latha airson cluinntinn ciamar a fhuair e air adhart. A-rithist, bha mi a' fàgail 's mi a' faireachdainn gun robh mi air an cuideachadh. Cha robh mi air steigeil ris a' phlana mar a bha dùil ach bha e air obrachadh co-dhiù. Cha do ghabh mi airgead bho Christine, oir cha robh mi air mòran actaidh a dhèanamh. A' coiseachd a-mach dhan t-sràid, chuala mi lasair Barry a' cur thuige fag agus guth Christine ag ràdh gu toilichte:

"Aww, yah more like yahself awready, lav!"

Beag-fhaclair Caibideil IX

fiù 's   *even*

gun robh rudeigin ceàrr air Barry   *that there was something wrong with Barry*

na theine   *on fire*

cladhach   *digging*

na lorgadh   *what he found*

gàirdean an t-sèithir   *the arm of the chair*

bha nàire orm   *I was embarrassed*

cho sgiobalta ri prìne   *as neat as a pin*

lì   *coating, patina*

salchar   *dirt*

airson na mìleamh uair   *for the thousandth time*

gun dèanainn barrachd oidhirp   *that I would make more of an effort*

truas   *compassion*

air a socrachadh   *had settled her*

balgam mòr   *big mouthful, swig*

air a dhol às an ciall   *had gone mad*

chrìochnachadh   *finished*

tallan   *hall*

deise   *suit*

bùth charthannais   *charity shop*

phiortaich   *spruced myself up (slang)*

mar a dheigheadh cùisean   *how things went*

saidhc-eòlas   *psychology*

gun tug na facail sin air dùsgadh   *these words had made him waken up*

beothalachd   *liveliness*

bha tùchan na ghuth   *his voice was husky*

uabhas   *horror*

m' earbs   *my trust*

nach aithnicheadh e mi   *that he woudn't recognise me*

ri chantainn   *to say*

an iomagain a thàinig oirnn fhaicinn   *had seen our panic*

clìoraigeadh a-mach   *clear out*

chroch   *hung*

ainmeineach   *angry*

an dàrna leth   *one half of it*

bha mi a' miannachadh   *I wanted*

dèanamh às   *make off, go*

nach b' urrainn dhomh fàilligeadh   *that I couldn't fail*

mar am peilear   *like a bullet*

cho Gàidhealach ri fàd mònach   *as Gaelic as a peat*

cumhachd   *power*

dè bha i a' sùileachadh bhuam   *what she expected of me*

a mhnatha   *his wife's*

falaichte   *hidden*

dè thachradh   *what would happen*

na èiginn   *desperate*

a chuireadh dragh air   *could worry him*

gun fhiost dhomh fhèin   *without thinking*

sìon   *anything*

liùgach   *furtively, shyly*

cnap   *lump*

bha an aon rud air a thighinn a-steach air an dithis againn   *the same thing had occurred to both of us*

's dòcha gun toireadh an dòchas ud breitheanas air   *perhaps that hope would tempt providence*

aillse   *cancer*

britheamh   *judge*

ciontach no neoichiontach?   *guilty or not guilty*

cha bu dùraig dha   *he didn't like to*

chomharrachadh   *marked out*

le soidhne a' bhàis   *the mark of death*

an t-uabhas   *the horror*

cha robh e airson nach biodh fios aige   *he didn't want to know or not to know*

a' chiad char   *first thing*

faochadh   *relief*

thog mi orm   *I set off*

gun robh mi air an cuideachadh   *that I had helped them*
steigeil   *stick to*
lasair   *cigarette lighter*
a' cur thuige fag   *lighting a fag*

Caibideil X

Geàrr-chunntas

It is a very busy night in the hotel and Meryl is on the warpath.
Jessie, Curtis and the other staff try to keep out of her way. Jessie is
surprised when she sees her Uncail Bobaidh in the restaurant, as
she thought he had left after she had done a job for him. At an
auction, Jessie has bid for art by a painter whom her Uncle is
helping. Bobaidh uses her in order to inflate the price. Though she
nearly ends up buying the piece herself, it goes well and the piece
gets a high price. She has offered to take Curtis out for a meal to
thank him – but is it a date? She asks Uncail Bobaidh about this but
Meryl interrupts. Jessie is worried when she sees her boss and uncle
talking and is even more concerned when Bobaidh tells her that he
has told Meryl about her other job. Finally, Uncail Bobaidh leaves
and Jessie is very sorry to see him go.

Oidhche Shathairne. An oidhche bu mhiosa dhen t-seach-
dain. Bhiodh an taigh-òsta loma-làn agus cha bhiodh mio-
naid agad stad. Bha an cidsin cho teth 's gum biodh dùil
agad gun robh thu air bàsachadh 's air a dhol a dh' Ifrinn.
Am measg na h-onghail – Curtis ag èigheachd òrdughan,
pana Loic a' tuiteam air an làr, cuideigin ga losgadh fhèin –
bhiodh am Boss againn a' snòtaireachd. B' e Meryl a bh'
oirre agus cha robh mòran againn mu deidhinn. Bha i suas
ann am bliadhnaichean agus cha robh na bliadhnaichean sin
air a bhith coibhneil rithe. Bha a choltas oirre gun robh i
airson an saoghal gu lèir a pheanasachadh. Bha i dha-rìribh
cruaidh ormsa, shaoil mi, ach bha a h-uile duine a' smaoi-
neachadh sin. Nuair a bha an cothrom agam seallltainn

oirre, chithinn cho snog 's a bha i ri na h-aoighean. Bhiodh i a' gàireachdainn agus ag ràdh riutha cho àlainn 's a bha an càr/aodach/aodann aca. Ach nuair a thilleadh i dhan chidsin bha an gàire a' tuiteam bho h-aghaidh agus thigeadh an trod.

"Who took the order for table four? Hurry up with that soup! I don't care if you've burned yourself . . ."

Bhiodh Curtis a' bìdeadh a liop, gu cruaidh. Cha robh e math air òrdughan a ghabhail bho dhaoine air nach robh meas aige. Tha mi cinnteach nach biodh càil air còrdadh ris cho math ri innse dhi dè dìreach a bha e saoilsinn mu deidhinn, ach cha robh e amaideach gu leòr sin a dhèanamh. Bhiodh e a' cumail a shùilean air obair agus a' toirt grèim às fhèin.

Bha an t-àite cho làn 's nach fhaca mi e an toiseach. Mhothaich mi gun robh gruaidhean Meryl air fàs caran pinc gar bith cò ris a bha i a' bruidhinn. Bha an gàire aice fiù na b' àirde. *An dùil an e film star a th' ann?* smaoinich mi. Sheas mi air mo chorra-biod airson faicinn nas fheàrr. Uill, bha còir fios a bhith agam. Cò eile a chuireadh boireannach dhen aois ud cho troimh-a-chèile? Rinn mi gàire mòr ri Uncail Bobaidh agus smèid mi ris. Smèid e air ais thugam agus thionndaidh Meryl airson faicinn cò ris a bha e a' coimhead. Nuair a chunnaic i gur e mise a bh' ann, dh'fhàs a sùilean cumhang agus a beul teann. Thionndaidh mi cho luath 's a b' urrainn dhomh agus thòisich mi a' sgioblachadh air falbh nan truinnsearan bho bhòrd le buidheann Gearmailteach.

Ged a bha mi toilichte fhaicinn, cha robh mi cinnteach carson a bha Uncail Bobaidh ann an seo. As dèidh a' chèilidh aige, bha e air fònaigeadh thugam an ath latha mar a thubhairt e. Bha e airson gun cuidichinn e le reic deilbh. Bha an dealbh le fear òg às an Spàinn air an robh e eòlach. Bha iad air coinneachadh aig pàrtaidh nuair a bha Bobaidh ann am Madrid. Cho luath 's a chunnaic e dealbhan a' bhalaich, bha fhios aige gun robh e air tàlant sònraichte airson peantadh a lorg. An aon trioblaid a bh' aig an duine, 's e nach robh e gan reic. Nam faigheadh e an cothrom an ealain aige a reic ri cuideigin ainmeil no beartach, bhiodh e air a shlighe. Mar sin, bha fèill-reic gu bhith aca aig Sotheby's a' mhadainn ud agus bha Uncail Bobaidh airson gun cuirinn fhèin mo làmh suas le sùim mhòr.

"Ach feumaidh sinn dèanamh cinnteach gu bheil iad a' smaoineachadh gur ann airson neach-taic sònraichte a tha thu ag obair," thuirt e, agus dh'fhalbh sinn gu bùth aodaich.

Bha mòran dhaoine annasach aig an fhèill-reic, ach bha Uncail Bobaidh air dèanamh cinnteach gun robh mise a cheart cho spaideil 's a bha iadsan. Bha an deise a bh' orm dearg le loidhne sìoda, dubh na bhroinn. Bha brògan ùra orm, fàileadh na bùtha fhathast orra, agus bha mi air adhartas a dhèanamh lem fhalt (a tha mar candyfloss mura cuir mi na straighteners air) agus mo mhaise-gnùis. Mur a biodh gun robh am baga-làimh agam cho aost' ri na bruthaichean, cha bhiodh fios agad gu bràth gur e clea-saiche a bh' annam 's nach e tè ainmeil bheartach.

Bha m' Uncail air ainm an duine innse dhomh – Costas – agus lorg mi e ann an aon dhe na catalogues a bh' aca sgapte mun cuairt. Bha am peantadh aige gu math ealanta ach chithinn carson nach robh daoine air gabhail ris. Anns an dealbh seo, bha duine le sgian na amhaich, lomnochd agus air a ghlùinean. Bha an fhuil a' sruthadh sìos a chorp agus a' lìonadh abhainn fodha. B' e dealbh iargalt, dorcha a bh' ann, agus gu dearbha, cha bhiodh e agamsa air balla an rùm-suidhe. Ach cha b' e sin ach mo bheachd-sa. Bha duine no dhithis eile a' coimhead ris an dealbh agus chuala mi gun robh na beachdan aca gu math coltach ris an fheadhainn agam fhèin:

"Mmm, excellent use of colour on the river of blood, but I'm just not sure where I'd put it . . ."

'S dòcha gum bithinn feumail an dèidh nan uile. Thug mi am fòn-làimh agam a-mach às a' bhaga aost' agus leig mi

orm gun robh mi a' cur àireamh chuideigin a-steach. Rinn
mi cinnteach gun robh mi a' bruidhinn dìreach àrd gu leòr
gus an cluinneadh daoine mi ach sàmhach gu leòr 's nach
aithnicheadh iad gur e cleasachd a bh' ann.

"Hi," thuirt mi, "it's looking good, yeah . . . no, no-one
else . . . shouldn't be a problem. Okay, call you when I've
got it."

An toiseach, cha do sheall mi suas agus chuir mi am fòn
air ais mar gum bithinn coma. Nuair a thog mi mo cheann,
bha sùilean gu leòr air gluasad dhan duilleig aig an robh mi
's gun robh fios agam gun robh iad air èisteachd. Thàinig
duine sgiobalta ann an deise chun an dorais airson innse
dhuinn gun robh cùisean gus tòiseachadh, agus rinn sinn ar
slighe a-steach. Bha an rùm far an robh an fhèill-reic a'
tachairt uabhasach mòr agus farsaing. Smaoinich mi gum
feumadh sùilean gu math geur a bhith aig an auctioneer
airson faicinn cò bha càite. Shuidh mi sìos, gu math faisg air
cùl an rùm, agus sheall mi mun cuairt. Bha tòrr còmhraidh a'
dol eadar daoine ach bha iad gu faiceallach a' sainnsearachd.
Bha tòrr còmhstri eadar daoine a bha a' ceannachd antiques.
B' e seo an rud anns an robh mi a' cur mo dhòchais.

Cha robh fada agam ri feitheamh gus an robh dealbh
Chostas air an àrd-ùrlar. Thuirt an t-auctioneer na h-aon
rudan 's a bha sgrìobhte anns a' chatalog – peantair òg,
tàlantach, controversial às an Spàinn leis an dealbh aige,
The Truth will Run – agus an uair sin dh'fhaighnich e cò
bheireadh dha còig mìle not mar thoiseach tòiseachaidh.
Chaidh làmh suas ann am meadhan an t-sreath agamsa ach
chan fhaicinn cò leis a bha i. Chuir mi mo làmh fhèin suas
agus thabhaich mi sia mìle. Cho luath 's a chunnaic iad seo,
thòisich barrachd dhaoine a' togail an làmhan. Mus do
sheall mi rium fhèin, bha mi air deich mìle not a thabhachd.
Bha mo làmh air èirigh mus robh fios agam dè bha air
tachairt. 'S dòcha gun do chaill mi mo chiall, a' toirt a
chreids gun robh na bha sin a dh'airgead agam, ach bha e a'
còrdadh rium cho mòr.

"Ten thousand," dh'èigh mi, a' feitheamh ris an ath thairgse, ach cha do bhruidhinn duine 's cha do thog duine làmh. Bha fiù 's am boireannach leis a' chòta-bèin a bha air naoi mìle a thabhachd a' coimhead mì-chinnteach. Stad mo chridhe. Bha fhios nach b' e seo a bha Uncail Bobaidh a' ciallachadh nuair a thuirt e rium prìs mhath fhaighinn. Thòisich an t-auctioneer a' cunntadh:

"Going once?"

Sheall mi mun cuairt 's mi nam èiginn.

"Going twice?"

Rinn mi ùrnaigh.

"Going three times?"

Dhùin mi mo shùilean. Bha mi air butarrais na croich a dhèanamh agus bha mi air Uncail Bobaidh a leigeil sìos. Chroch mi mo cheann agus dh'fheuch mi ri smaoineachadh air dè chanainn ris.

"Eleven thousand!"

Cha mhòr gum b' urrainn dhomh a chreidsinn. Thog mi mo cheann gu slaodach agus lean mi sùilean an auctioneer gu duine beag air oir an rùm. Bha fòn-làimhe aige gu chluais agus ghnog e a cheann 's e ag èisteachd. Thill an t-auction-eer thugamsa.

"Any further offers, Madame?" Chrath mi mo cheann, am faochadh ga mo lìonadh bhom òrdagan gu mo chluasan.

"Very well. Sold to the gentleman in the blue suit for eleven thousand pounds."

Nuair a choinnich mi ri Uncail Bobaidh aig an doras, bha e a' coimhead fiadhaich.

"Dè fo ghrian a bha thu a' dèanamh?! Thuirt mi riut prìs mhath fhaighinn ach cha mhòr nach do cheannaich thu fhèin e. Agus airson deich mìle not! A Thighearna, Jessie."

"Tha mi duilich."

"Duilich, an tuirt thu?" chunnaic mi an gàire blàth aige a' tilleadh. "Bha thu mìorbhaileach. Eleven thousand. Wow. Bidh Costas air a dhòigh. 'S tusa an actress as fheàrr san t-saoghal."

Dh'fhàs mo phluicean dearg agus thuirt mi nach robh mi smaointinn gun robh mi cho math ri sin. Rinn Uncail Bobaidh lachan agus thug e a-mach an chequebook aige.

"Right, a ghràidh, seo do phàigheadh. Five per cent: sin seachd ceud not, minus tax agus VAT . . . hmmm . . ." – leig e air gun robh e ag obair air calculator – ". . . sin seachd ceud agus leth-cheud sgillinn."

Thòisich mi a' gàireachdainn, letheach eadar toileachas agus iongnadh gun robh na bha sin a dh'airgead gu bhith *agamsa*. Sheall mi ris an t-seic airson ùine nuair a thill mi dhachaigh. Bha fiù 's beagan leisg orm a cur dhan bhanc, oir bha e cho neònach gun robh i agam na mo làimh. Mu dheireadh, an dèidh dhomh biadh a ghabhail agus sealltainn rithe airson greis eile, chaidh mi sìos dhan bhanc.

Fhad 's a bha mi a' coiseachd, bha mi a' faireachdainn mo cheum sunndach fodham. Bha e mar gun robh mi a' coiseachd air an èadhar. Bha mi air uiread de mhìosan a chur seachad le mo stamag ann an snaimeannan a' feuchainn ri smaoineachadh air dòigh fhaighinn air biadh a cheannachd a chumadh a' dol mi airson mìos eile. Cha robh mi air aodach ùr a cheannachd bho 's cuimhne leam, agus bha a' chuid as motha dhe na botail anns a' bhathroom gu bhith falamh: a h-uile fear dhiubh na sheasamh air a cheann gus am faighinn an deur mu dheireadh às. Desperate times, a bhalaich. Nuair a chunnaic mi an àireamh ud air sgrion beag a' chash-machine, bha i mar aisling. Cheannaich mi biadh a lìonadh dà chidsin, sgudail airson m' aodann 's mo chorp agus CD dha Curtis.

"Not much of a cut, Jess!" thuirt e nuair a dh'innis mi dha na fhuair mi. "Don' I get a nice dinner or somefing too . . ."

Thuirt mi ris gun deigheadh sinn a-mach gu ar biadh air oidhche na Sàbaid, oir b' e sin an aon oidhche a bh' aig an dithis againn dheth. Ged a bha mi fhèin agus Curtis air ithe còmhla mìle uair, bha rudeigin na shùilean nuair a dh'aontaich sinn air. Rinn e gàire beag agus cha mhòr nach robh e a' coimhead, uill . . . diùid. Gun fhiost dhomh, rinn mo

stamag fhèin leum. An e *date* a bha seo? Cha robh mi
cinnteach dè bha air tachairt, ach dh'fhairich mi gun robh
rudeigin sònraichte air atharrachadh eadarainn. Bha mi air a
bhith ga thionndadh na mo cheann fad an latha, ach nuair a
chunnaic mi gun robh m' Uncail air tilleadh, bha fhios agam
cò dha a dh'fhaighnichinn.

"So, an e *date* a th' ann? Dè tha thu a' smaoineachadh?"
thuirt mi gu sàmhach. Bha Meryl fhathast mun cuairt agus
dheigheadh i às a ciall nam faiceadh i mi a' bruidhinn an àit'
a bhith ag obair.

Chrath Uncail Bobaidh a cheann, "Chan e, na gabh
feagal. Tha mi cinnteach gur e *business* a th' ann a bhar-
rachd air càil eile. Dìreach a' toirt taing dha do charaid."

Cha d' fhuair mi an cothrom innse dha nach robh feagal
orm mu sin. 'S ann a bha an t-eagal orm nach robh ann ach
sin. Nochd Meryl aig mo ghualainn. Dh'fhairich mi fàil-
eadh a perfume mus fhaca mi i.

"Jessie, could you get back to work and stop bothering
the gentleman."

Rinn Bobaidh gàire tlachdmhor rithe: "It was my fault.
Jessie is my niece."

"Oh?" thuirt Meryl, ach bha fhios agam gun robh a thìd'
agam falbh. Dh'fhàg mi an dithis aca a' bruidhinn ri chèile.
Bha iad an sin airson còrr air deich mionaidean. Dh'fheuch mi
ri sùil fhaighinn air na beòil aca airson dèanamh a-mach dè
bha iad ag ràdh, agus an uair sin chuimhnich mi nach b'
urrainn dhomh liopan a leughadh. An-dràst' 's a-rithist chit-
hinn Meryl a' tionndadh agus a' sealltainn rium. Cha b'
urrainn dhomh a h-aodann a leughadh na bu mhò. Bha fiamh
a' ghàir' oirre a bha gam fhàgail an-nfhoiseil. Mu dheireadh,
thug Uncail Bobaidh pòg dhi air an làimh bheag chaol aice
agus dh'fhalbh i dhan oifis. Chaidh mise na mo ruith thuige.

"Dè bha thu ag ràdh rithese?"

"Bha mi ag innse dhi mun obair a rinn thu dhomh."

Ghlac mi m' anail, "Dè?! Nach eil facal ann airson sin?
Dè th' ann? Moon rudeigin . . ."

"Moonlighting?" thuirt e.

"Aidh, sin. Bheir i dhomh a' sack!" Bha mi nise air chrith. Cha b' e dìreach call m' obair ach an trod a gheibhinn bho Meryl. Bhiodh e fada na bu mhiosa na càil sam bith a chuala mi roimhe. Agus Curtis! Cha fhaicinn tuilleadh e! Dh'fhairich mi ainmein eagalach. "Dè bha thu a' *smaoineachadh*?!"

Thabhaich e seòclaid beag meannt orm agus, ged a bha mi fiadhaich, ghabh mi e. Cha b' e coire an t-seòclaid a bh' ann.

"Nach eil earbs' sam bith agad annam? Tha tòrr thrioblaidean aig a' bhoireannach ud. Nuair a dh'innis mi dhi mar a chuidich thu mi led actadh, dh'fhàs a sùilean gu math mòr. Cha chuireadh e iongnadh sam bith orm nan iarradh i ort rudeigin a dhèanamh dhi fhèin."

Dh'fhairich mi faochadh a' sruthadh tromham. Cha chaillinn m' obair co-dhiù. Ach a' cuideachadh Meryl? Cha robh dùil agam ri sin. Bha Uncail Bobaidh air a shlighe air ais a Mhalaysia agus bha e air nochdadh airson an turais mu dheireadh gus mo chuideachadh. Nuair a dh'fhàg e an taigh-òsta, fhuair mi an còta, an sgàilean agus am baga leathair dha, agus sheas mi ga choimhead a' falbh tron uisge. Thionndaidh e agus smèid e rium agus bha agam ri stad a chur orm fhèin gus nach ruithinn thuige. Bha e air uiread a dhèanamh dhomh dìreach ann an seachdain. Ach b' ann mar sin a bha Uncail Bobaidh. Nochdadh e airson greis bheag agus thogadh e do chridhe.

Beag-fhaclair Caibideil X

loma-làn   *chock-full*
's gum biodh dùil agad   *that you might think*
onghail   *din*
òrdughan   *orders (kitchen)*
ga losgadh fhèin   *burning himself*
a' snòtaireachd   *sniffing about*
cha robh mòran againn mu deidhinn   *we didn't think much of her*
suas ann am bliadhnaichean   *getting on in years*
a pheanasachadh   *to punish*
na h-aoighean   *the guests*
a' bìdeadh a liop   *biting his lip*
air nach robh meas aige   *whom he didn't respect*
a' toirt grèim às fhèin   *biting himself (his lip)*
caran   *somewhat, a little*
gar bith cò   *whoever (dialect)*
air mo chorra-biod   *on tiptoe*
cho troimh-a-chèile   *so worked up*
smèid   *waved*
cumhang   *narrow*
teann   *tight*
reic dheilbh   *selling pictures*
fèill-reic   *auction*
sùim mhòr   *a large sum of money*
neach-taic   *fan*
spaideil   *smartly dressed*
fàileadh na bùtha   *shop smell (new)*
mo mhaise-gnùis   *my make-up*
cho aost' ri na bruthaichean   *as old as the hills*
gu math ealanta   *very skilful*
nach robh daoine air gabhail ris   *that people hadn't taken to him*
dealbh iargalt, dorcha   *a horrific, dark picture*
cleasachd   *trick, an act*

mar gum bithinn coma   *nonchalantly*
gu faiceallach a' sainnsearachd   *whispering surreptitiously*
còmhstrì   *competition*
air an robh mi a' cur mo dhòchais   *on which I had pinned my hopes*
thabhaich   *offered*
's dòcha gun do chaill mi mo chiall   *perhaps I had lost my senses*
a' toirt a chreids'   *pretending*
an ath thairgse   *the next offer*
leis a' chòta-bèin   *in the fur coat*
prìs   *price*
bha mi air butarrais na croich a dhèanamh   *I had made a right mess of it (slang)*
am faochadh ga mo lìonadh   *filled with relief*
dè fo ghrian?   *what on earth (under the sun)?*
mo phluicean   *my cheeks*
lachan   *loud laugh*
letheach eadar toileachas agus iongnadh   *midway between joy and surprise*
an t-seic   *the cheque*
bha fiù 's beagan leisg orm   *I was even a little reluctant*
ann an snaimeannan   *in knots*
bho 's chuimhne leam   *as far back as I can remember*
gus am faighinn an deur mu dheireadh às   *to get the last drop out of it*
sgrion   *screen*
sgudail   *(lotions)*
diùid   *shy*
gun fhiost dhomh   *without realising it, without thinking*
bha fhios agam cò dha a dh'fhaighnichinn   *I knew who I'd ask*
dheigheadh i às a ciall   *she would be mad*
tlachdmhor   *pleasant*
gun robh a' thìd' agam falbh   *that it was time for me to go*
an-fhoiseil   *uneasy*
chaidh mise na mo ruith thuige   *I ran to him*
air chrith   *shaking*
ainmein   *anger*
meannt   *mint*

nach eil earbs' sam bith agad annam?   *do you not trust me at all?*
tòrr thrioblaidean   *lots of problems*
dh'fhairich mi faochadh a' sruthadh tromham   *I felt the sense of relief
flow through me*
thogadh e do chridhe   *he would raise your spirits*

Caibideil XI

Geàrr-chunntas

Meryl grabs Jessie and drags her into the fridge to talk. Meryl wants
her to help with undermining a love rival and indicates that there
will be more work for her if it goes well. After leaving the fridge,
Jessie goes to the oven to warm her hands. Curtis takes her hands
and blows gently onto them so that they will warm up. It is an
intimate moment for Jessie, and so she is hurt when he quickly
reverts to his grumpy chef persona. She cancels her dinner date
with him to work with Meryl and turns down the offer of a drink
after work. Curtis is confused and also a little hurt.

Cho luath 's a thill mi dhan chidsin, fhuair i grèim air mo
ghàirdean agus tharraing i mi a-steach dhan frids.

"Right. Your uncle tells me you've been doing a sideline
in conning people. Is that right?"

Thòisich mi a' spliutraigeadh: "I didn't . . . I mean . . . he
wasn't . . ."

"Stop that!" thuirt Meryl agus dhùin mi mo bheul. "I
don't care, all right? I want you to do me a little favour. But
I'm not paying you seven hundred. I don't care how good
you are. I'll give you one-fifty and not a penny more."

Ghnog mi mo cheann. Cha robh mo bheul ag obair idir a-
nis. Bha mi air fàs gu math fuar na mo sheasamh an sin. Cha
robh fuachd a' frids a' dèanamh càil air Meryl. Cha do chuir
sin iongnadh sam bith orm. Chuir mi mo làmhan nam
achlaisean airson an cumail blàth agus ghluais mi bho chas
gu cas.

"And if you are successful, I shall recommend you to

friends. I have a lot of friends who would be interested in your . . . help. Now, get back to work!"

Dh'fheuch mi ris an doras fhosgladh ach bha mo làmhan reòthte. Rinn Meryl fuaim greannach agus dh'fhosgail i e dhomh. Ruith mi cho luath 's a b'urrainn dhomh, a' leagail Loic cha mhòr dhan àmhainn. Bha an taobh aice teth, àlainn. Laigh mi mo làmhan oirre agus dh'fhairich mi am beatha a' tilleadh thuca. Sheall mi ris a' ghleoc agus chunnaic mi gun robh i air mo chumail a-staigh anns a' frids airson deich mionaidean. Dh'fhaodainn a bhith air bàsachadh le pneumonia! Gu dearbh cha robh mi cinnteach am biodh mo chorrag bheag ceart gu leòr. Bha dath neònach gorm oirre agus cha robh faireachdainn sam bith innte. Dh'fhàg Curtis a' phrais a' plupadaich gu dòigheil agus thàinig e a-nall thugam.

"Busiest night of the week, Jessie-belle. Wot you doin' in the fridge wiv that cah? Ah, ya freezin', gewl. C'mere."

Mus d' fhuair mi air facal a ràdh, ghabh e grèim air mo làmhan eadar an dà làmh fharsaing aige fhèin. Dh'fhàg e toll beag, agus troimhe shèid e èadhar bhlàth air mo chorragan. Thill an fhaireachdainn sa bhad, na mo làmhan, na mo chorragan agus na mo chorp gu lèir. Leis gach anail shocair a bha a' lìonadh mo dhà dhòrn, bha crith a' dol suas mo dhruim agus bha mo chridhe a' bualadh cho cruaidh 's gun robh mi cinnteach gun cluinneadh a h-uile duine ann an Lunnainn. Cha mhòr nach robh a liopan air mo chraiceann agus cha b' urrainn dhomh gluasad.

Mhothaich mi gun robh feadhainn dhen luchd-obrach eile air stad agus bha iad gar coimhead. Sheall Curtis mun cuairt agus thàinig e thuige fhèin a-rithist. Leig e às mo làmhan agus thòisich e ag èigheachd:

"Wot the 'ell are you all doin'? Get movin'! Loic, 'ave you got my sauce pot yet?"

"Looks like you already 'ave eet," thuirt Loic fo anail, agus dh'fhàs aghaidh Curtis teth. Thionndaidh e thugamsa.

"And you . . . stop standin' abaht. Yeh're 'olding everyfing up. Go!"

Chaidh mi chun an rùm-bìdh gun sealltainn air mo chùlaibh. Dè bha ceàrr orm? Bha Curtis *an-còmhnaidh* a' trod rium mu rudeigin. Cha robh càil ann. Ach nuair a bha e cruaidh orm an dèidh dha a bhith cho socair, bha agam ri grèim fhaighinn orm fhèin mus tòisichinn a' gal. Cha do sheall mi an taobh a bha e airson a' chòrr dhen oidhche. Fhreagair mi na ceistean agus na h-òrdughan aige le dìreach *Yes, chef*, agus chùm mi m' aire air m' obair. Nuair a bha an oidhche seachad agus a bha an guest mu dheireadh air a dhol dhachaigh, bha mi deiseil airson mo leabaidh mar nach robh mi air cadal airson seachdain. Thog mi mo bhaga 's mo chòta agus choisich mi a-mach dhan oidhche fhuar. Bha an èadhar geur agus fionnar air m' aodann. Ged a bha mo chasan goirt, bha fhios a'm nach biodh an t-slighe dhachaigh duilich.

"Jess!" dh'èigh Curtis bhon doras.

Thionndaidh mi agus thill mi air ais.

"Not comin' for a drink?"

"No, not tonight," thuirt mi. "I'm really tired."

Sheall e rium mar gum biodh rudeigin aige ri ràdh. Dh'fhosgail a liopan beagan, ach mu dheireadh, dh'atharraich e inntinn agus thuirt e, "Right."

"'Night," thuirt mise.

"So we still on for tomorrow?"

"What?"

"Dinner? Ta celebrate?"

"Oh, no," chuimhnich mi. "I told Meryl I'd do some work for her at a party. Ruin some woman's chances with this guy because she was with him first. They were friends but, well . . . it's complicated, I think."

Chunnaic mi an tàmailt na shùilean donna. Thog e a ghualainnean agus rinn e gàire beag. "Some ova time then."

Fhad 's a bha mi a' coiseachd chun an Underground, bha mi a' feuchainn ri tuigsinn nam faireachdainnean a bha gam lìonadh. Anns a' chiad àite, cha robh mi cinnteach an e idea uabhasach math a bh' ann obrachadh dha Meryl air taobh

a-muigh an Embassy. Cha b' e boss furasta a bh' innte ach
bha mi ga fàgail air mo chùlaibh gach latha. Nam biodh
agam ri dèiligeadh rithe air mo làithean saora cuideachd,
bha teans glè mhath ann gun deighinn doolally. Agus na
caraidean dhan robh i dol a dh'innse mu mo dheidhinn. Cò
ris a bhiodh iadsan coltach? 'S dòcha gum biodh iad uile
coltach rithese agus bhiodh mo bheatha air a lìonadh le
Meryls. Abair trom-laighe. Ach fo na smuaintean a bha seo,
bha faireachdainn eile a' goil. Faireachdainn a bha gu math
na bu chudromaiche agus na b' eagalaich. Bha mi air Curtis
a ghoirteachadh. Chunnaic mi e a' feuchainn ri tuigsinn dè
bha e air a dhèanamh nuair a choisich mi air falbh gun
fhacal. Ach bha mi a' faireachdainn cho fiadhaich gun robh
e air mo chàineadh an dèidh dha mo làmhan a bhlàtha-
chadh. Carson nach b' urrainn dha a bhith gast' rium fad an
t-siubhail? *Tha còcairean mar sin,* thuirt guth na mo cheann
air an robh mi eòlach. *Tha e airson nach bi càch a' fair-
eachdainn gu bheil e ro chruaidh orrasan.* Uill, bha sin ceart
ach, ma bha, carson a bha e cho duilich dhomh an turas seo?
Bha am freagairt agam mu thràth, ach cha robh mi deiseil
airson a chluinntinn. Chuir mi a' chairt agam dhan turnstile
agus ruith mi gus am faighinn an trèana agam dhachaigh.
Air an t-slighe, dhùin mi mo shùilean agus mhothaich mi
gun robh mo làmhan fhathast cho blàth ris a' bhainne.

Beag-fhaclair Caibideil XI

a' spliutraigeadh   *spluttering*
cha do chuir sin iongnadh sam bith orm   *that didn't surprise me*
achlaisean   *armpits*
reòthte   *frozen*
a' leagail Loic cha mhòr dhan àmhainn   *almost knocking Loic into the oven*
am biodh mo chorrag bheag math gu leòr   *would my pinkie be alright*
a' phrais a' plupadaich   *the pot bubbling*
an dà làmh fharsaing   *the two broad hands*
sa bhad   *immediately*
crith   *tremor, shaking*
gun cluinneadh a h-uile duine   *that everyone could hear*
thàinig e thuige fhèin   *he came to himself*
leig e às   *let go*
fo anail   *under his breath*
rùm-bìdh   *restaurant*
bha agam ri grèim fhaighinn orm fhèin mus tòisichinn a' gal   *I had to take a grip of myself in case I started crying*
bha an èadhar geur agus fionnar   *the air was sharp and cool*
bha fhios a'm   *I knew*
tàmailt   *disappointment*
na faireachdainnean a bha gam lìonadh   *the feelings that overwhelmed/ filled me*
gun deighinn   *that I would go*
abair trom-laighe   *what a nightmare*
gu math na bu chudromaiche agus na b' eagalaich   *much more important and frightening*
air a ghoirteachadh   *had hurt him*
air mo chàineadh   *told me off*
fad an t-siubhail   *all the time*

Caibideil XII

Geàrr-chunntas

After a night of bad dreams, Jessie feels terrible about the way that she treated Curtis. It is too late, however, to cancel the job for Meryl. She goes to the party (as described in Chapter 1) and decides to walk home afterwards. She foolishly decides to take an unlit back alley short-cut to her flat and is set upon by the same youths who insulted her in the bar. They have been following her and intend to rape her or beat her up. Just in time, Curtis appears and rescues her. The incident makes them realise just how much they care for each other, and the story ends as they kiss.

Cha do chaidil mi ceart an oidhche ud ged a bha mi cho sgìth. Bha m' aislingean ga mo shàrachadh: mo phàrantan a' tighinn a Lunnainn gam fhaighinn is fios ac' mu na breugan agam, Meryl ga mo shealg tro hàllaichean an Embassy, agus Curtis. Curtis le dhruim thugam. Cha thionndaidheadh e agus cha bhruidhinneadh e rium. Dh'fheuch mi ri mo làmh a chur air a ghualainn ach, gach turas, ghluaiseadh e air falbh bhuam agus chan fhairichinn ach an èadhar thana eadarainn. Bha mi na mo dhùisg ron alarm airson a' chiad turas ann an ùine mhòr. Chuir mi orm mo ghùn-oidhche agus choisich mi dhan chidsin, mo chasan agus mo chridhe trom. Rinn mi copan teatha dhomh fhèin agus shuidh mi air beulaibh an telebhisean leis. Bha prògram air mu dheidhinn peataichean tinn agus bha duine cruinn le feusag gan cuideachadh – agus uaireannan gam marbhadh – le ceòl tiamhaidh. Mar as àbhaist chan eil ùidh sam bith agam ann am prògraman mar sin ach, len oidhche roimhe fhathast nam cheann, thòisich na deòir a' sruthadh sìos m' aodann nan tuil. Nuair a thug iad an injection dha Suzie, an cat reamhar le tinneas an t-siùcair – diabetes – thàinig ràn asam mar chonacag. Fhuair mi grèim orm fhèin agus chuir mi sìos am fuaim air an teilidh. *Uill, sin e,* smaoinich mi, *tha mi air a dhol dotail.*

Dh'fheumainn bruidhinn ri Curtis, ach bha mi an dòchas nach biodh agam ris a' chiad fhacal a ràdh mi fhèin. Sheall mi ris a' fòn, balbh air an deasc. *Siuthad, ringig!* Ach bha fhios agam nach robh dòigh a chluinninn bhuaithe. Bha mi air a bhith cho fuar ris. Chaidh mi a-null agus thòisich mi a' cur na h-àireimh aige dhan fòn, ach stad mi. Dè mura robh e airson bruidhinn rium? Dè ma *bha* e airson bruidhinn rium? Chuir mi sìos e agus dh'fhalbh mi air ais chun an t-sòfa 's an teilidh a-rithist. Bha prògram ùr air tòiseachadh. Bha am fear seo mu antiques agus bha na daoine a' reic nan gnothaichean aosta, àlainn aca airson sgillinn no dhà. Thàinig e a-steach orm gun robh e eagalach duilich gun robh daoine deònach na rudan brèagha ud aca a chall dìreach airson beagan airgid. Sheall mi ris a' fòn. An robh mi ro fhadalach airson Meryl a chur dheth agus biadh a ghabhail le Curtis? Bha mi creidsinn gun robh – *daingit.* Dh'fheuch mi ri innse dhomh fhèin gum biodh a h-uile càil ceart gu leòr, ach cha robh mi cinnteach an robh mi fiù gam chreidsinn fhèin.

Chaidh an còrr dhen latha seachad gun strì. Bha an taigh-òsta sàmhach feasgar agus, air an oidhche, chaidh cùisean gu math aig pàrtaidh Meryl. Cha robh mi air a faicinn cho socair roimhe 's a bha i nuair a bha i a' bruidhinn ri John, agus smaoinich mi gur dòcha gum biodh i nas coibhneile bho seo a-mach. *Fat chance,* thuirt guth beag nam inntinn. Bha e a-nis beagan an dèidh deich agus bha sràidean na Sàbaid sàmhach. Bha Meryl air a chantainn gu fònaigeadh i airson tagsaidh dhomh, ach seach gun robh an oidhche cho ciùin, thuirt mi gun coisichinn dhachaigh. Cha robh e ro fhada agus bha an t-slighe air fad fo sholais nan sràid. Ged a bha mi air a bhith fuireachd sa bhaile mhòr fada gu leòr airson tuigsinn gum feumainn a bhith faiceallach a' coiseachd leam fhèin, bha mi fhathast a' faireachdainn na sàbhailteachd ud a tha co-cheangailte ri òigridh ann am baile beag. Chùm mi mo shùilean fosgailte agus dh'fhuirich mi air na sràidean air an robh mi eòlach, ach cha robh mi air a bhith glic gu leòr.

Cha robh fada gus an do mhothaich mi gun robh rudeigin ceàrr. Dh'fhairich mi mar gum biodh cuideigin ga mo leantainn. Thionndaidh mi turas no dhà ach chan fhaca mi duine. Mo mhac-meanmna? Chùm mi orm, mo cheumannan a-nis na bu luaithe, agus ghabh mi grèim teann air na h-iuchraichean na mo phòcaid. Bha agam ri coiseachd tro shraid chumhang mus ruiginn an drochaid a bha ga mo thoirt gu mo dhoras. Bha snaidhm de mhì-chinnt na mo stamag, ach smaoinich mi, nan deighinn timcheall, gun cuireadh sin cairteal na h-uarach eile air mo chuairt. Ghabh mi anail domhainn agus rinn mi air an t-solas air an taobh eile. Cha robh an t-sràid barrachd air leth-cheud slat ach bha e a' faireachdainn gu math na b' fhaide anns an dorchadas. Chluinninn mac-talla mo chasan eadar na ballachan. Cha mhòr nach robh mi air ais air an t-sràid mhòr nuair a mhothaich mi nach b' e dìreach mo cheumannan fhèin a bha mi a' cluinntinn. Thug mi sùil thar mo ghualainn agus, le measgachadh iargalt de dh'iongnadh agus uabhas, chunnaic mi dithis dhe na balaich bhon bhàr. An fheadhainn a bha air Curtis a chàineadh agus air na pinntean againn a leagail chun an làir. Thàinig gàire, làn dhen olc, air na h-aodannan aca agus rinn iad orm. Thionndaidh mi agus thòisich mi a' ruith cho luath 's a b' urrainn dhomh. Bha mi a' smaointinn gum bithinn ceart gu leòr nam b' urrainn dhomh faighinn chun an taoibh eile. Bha CCTV air feadh an àite an sin agus cha bhiodh iad airson càil a dhèanamh na fhianais. Le òirleach no dhà ri dhol, thàinig dochas thugam gun dèanainn a' chùis, mo bhrògan gam shlaodachadh ach mo mhisneachd làidir. Dìreach òirleach no dhà eile.

"Get 'er!" dh'èigh guth air mo chùlaibh.

Cha robh fhios agam cò ris a bha e a' bruidhinn gus am faca mi am tritheamh fear, am fear a b' aosta, a' nochdadh aig an taobh eile. Dh'fhosgail e a ghàirdeanan agus ruith mise, mar an donas, a-steach dhan ghrèim aige. Thòisich iad uile a' lachanaich agus thuit mo chridhe sìos gu mo bhrògan. Nach robh a h-uile duine air innse dhomh – mìle uair – cho cunnartach 's a bha Lunnainn? Gun robh leth-cheud boireannach gach seachdain air an èigneachadh? *Agus dè dhèanadh tusa, nighean nach eil barrachd air naoi clachan de chuideam agus cho bòg ri bobhla lit?* – sin a thuirt m' athair. Ach cha do dh'èist mi agus bha mi nis anns an t-suidheachadh eagalach seo.

"Bin lookin' for you," ars esan.

Dh'fheuch mi ri teicheadh ach bha e ro làidir dhomh. Bha an dithis eile air mo thaobh eile agus bha gleans nan sùilean a chuimhnich dhomh an cù fiadhaich aig Murdo Ailig. Thug a' bhiast ud gàmag à aodann nighean Aggie a' Phuist mus do chuir iad gu bàs e agus bha an aon choltas air na balaich seo. Thòisich fuar-fhallas gam chòmhdachadh, mo bheul a' lìonadh 's mi ag iarraidh gu slugadh. Dh'fheuch mi ri sgreuch a leigeil, ach chuir am fear bu lugha làmh ri mo bheul agus sgian gu m' amhaich. Bha fhios a'm an uair sin nach robh dòigh sam bith agam faighinn air falbh bhuap'. Thòisich mi ag ùrnaigh – ri Dia, ri Buddha, ri Mohammed, ris an duine ud a thòisich na Mormons – agus dh'fhairich mi an làmh aige air bann mo bhriogais. Bha miann gal cho làidir, ach chùm mi grèim orm fhèin. Ge bith dè dhèanadh iad orm, cha leiginn leotha deòir fhaicinn nam shùilean.

Cha robh am fear beag a' deanamh steama dhen bhann 's bha an dithis eile a' fàs an-fhoiseil.

"'Urry up, fa fac's sake!" ars am fear meadhanach.

"Ain chu dun this before, Baz?"

"Jus' shut up, awrigh'!"

Mìorbhaileach, smaoinich mi gu searbh, *air m' èignea-chadh le na trì Stooges.*

Ach rinn e a' chùis. Dhùin mi mo shùilean cho teann 's a
b' urrainn dhomh agus dh'fheuch mi ri smaoineachadh air
àite air choreigin eile. Nan smaoinichinn cruaidh gu leor, 's
dòcha gun èirinn a-mach às mo chorp agus gum bithinn
fad' air falbh bhon droch bhruadar seo. Chuala mi fear
dhiubh ag obair le bhriogais fhèin. B' e seo e, ma-tha. Na
fèithean agam teann 's air chrith, dheasaich mi mi fhèin
airson na bha ri thighinn.

"Well, well. Din fink I wos gonner afta deal wiv you lot
twice. Must be you're stupida than I fought."

*Cò tha sin? Aithnichidh mi an guth ud. Curtis! O, taing do
Dhia!* Dh'fhosgail mi mo shùilean agus, ceart gu leòr, bha
Curtis na sheasamh an sin. Bha an sgian fhathast aig mo
shlugan ach chithinn gun robh beagan crith a-nis san làimh.
A bharrachd air sin, bha am fear mòr air mo ghairdeanan a
leigeil às. Choisich e timcheall orm agus sheas e air beulaibh
Curtis. Bho chùl a bhriogais thog e switch-blade, agus
dh'fhosgail e e. Sheall Curtis ris le leth-ghàire air aodann:

"Pudit away, son. Yeh dahnt know 'owta use it."

Thug am fear mòr – ged nach robh e a' coimhead mòr an
taca ri Curtis – ceum na b' fhaisg' air Curtis agus thòisich e
a' slàraigeadh leis an sgian bho thaobh gu taobh. Cha do
ghluais Curtis. Bha an gàire ud fhathast air a liopan ach bha
a shùilean aige cho cruaidh 's a chunnaic mi riamh.
Dh'fheuch am fear mòr ris an sgian a shàthadh na
chliathaich ach ghluais Curtis a-mach às an rathad agus
chaill am fear mòr a chasan. Fhuair Curtis grèim air an
làimh anns an robh an sgian agus tharraing e a ghàirdean
àrd air cùl a dhroma. Thuit an sgian chun an talaimh agus
leig an duine sgreuch leis a' phian. Chluinnte *snap* nuair a
tharraing e a' ghualainn às an alt.

Fhad 's a bha seo a' dol, bha an dithis eile air seasamh lem
beòil fosgailte. Cha do ghluais iad gus an cuala iad an
sgreuch a thàinig bhon caraid. An uair sin sheall iad ri
chèile agus rinn iad às, a' fàgail a' cheannaird aca le phluic
ris a' bhalla agus stiall mùin a' ruith sìos a chas.

"Please, mate. We wosn't gonner do nuffin. Jus' scare 'er a bit. Oh Gawd! My fackin showlda . . ."

"I don' care wot you wos or wosn't doin'. You come near this gewl again an' I'll kill ya. D'ya get me?"

Ghnog e a cheann, ag ràdh cho duilich 's a bha e, agus, le brag uamhalt eile, chuir Curtis a ghualainn air ais mar bu chòir. Chluinninn e a' guidheachdan fo anail fhad 's a bha e a' coiseachd air falbh. Ged a bha Curtis air feagal a chur air, shaoil mi nach b' e an seòrsa duine a dh'atharraicheadh a bh' annsan. Bhiodh a bheatha làn de dh'oidhcheannan mar seo agus, dìreach airson diog, dh'fhairich mi duilich air a shon.

Thionndaidh mi ri Curtis. Bha a cheann na làmhan agus anail na uchd. Nuair a chunnaic mi a shùilean mu dheireadh, bha deòir annta. Chaidh mi a-null thuige agus chuir mi mo làmh air a ghàirdean ach shad e i air falbh. Thug mi ceum air ais, mì-chinnteach agus air mo ghoirteachadh. An dèidh greis, sheas e dìreach a-rithist.

"C'mon," thuirt e, "let's go."

Choisich sinn còmhla dhan flat agam gun facal. Dh'fhosgail mi mo bheul turas no dhà airson rudeigin a ràdh ach cha tigeadh dùrd bhuam. Nuair a ràinig sinn, thionndaidh e airson falbh.

"Curtis, thank you . . . I mean, if you hadn't turned up . . . I was so scared and . . ."

"An' wot, Jess? Yeh coulda bin killed, yeh foolish gewl! An' that lad . . . I could be back in the nick fah doin' that to 'is arm . . ."

"I'm sorry. I wasn't thinking. I'm not used to . . ."

"If I 'adnt gone ta Meryl's ta see ya, I wouldnta known yeh'd started 'ome on yer own. I wouldnta seen 'em followin' yeh . . ."

"Why did you want to see me?"

"Wot?"

"Why did you want to see me, Curtis?"

Cha tuirt e càil airson ùine. Bha an fhearg air sìoladh sìos

ach bha am feagal an sin fhathast. Bha e a' coimhead bho
thaobh gu taobh, a' coimhead airson na facail anns an
dorchadas, agus a' gluasad bho chas gu cas. Mu dheireadh,
shocraich e – mar gum biodh e air a thighinn gu co-
dhùnadh – agus tharraing e na b' fhaisg' orm.

"Naku penda, Jessie-belle."

Cha robh facal Swahili agam ach bha fhios a'm dè dìreach
a bha e a' ciallachadh.

"Tha gaol agamsa ortsa cuideachd, Curtis."

Chluinninn ceòl a' tighinn bho thaigh Christine agus
Barry is iad a' dannsa còmhla mar Romeo agus *wossername*;
a dhruim a-nis glan ach làrach beag far na gheàrr iad an
guirean às. Bhon bhùth, chluinninn gàire àrd Ashok, an
duine gun bhròn. Agus, nas fhaide air falbh, fuaim nam
milleanan sa bhaile seo nach eil uair sam bith na thàmh.

Ach dè bha sin an taca ri na sùilean domhainn, donn ud
agus am blàths a thàinig bho liopan nuair a thug e pòg
dhomh. Mise air mo chorra-biod is esan crùbte.

Beag-fhaclair Caibideil XII

bha m' aislingean ga mo shàrachadh   *my dreams tortured me*
ga mo shealg   *stalking me*
le dhruim thugam   *with his back to me*
cha thionndaidheadh e agus cha bhruidhinneadh   *he wouldn't turn or speak*
tana   *thin*
copan   *cup*
tiamhaidh   *plaintive*
an oidhche roimhe   *the night before*
nan tuil   *streaming*
conacag   *horn, bugle*
fhuair mi grèim orm fhèin   *I got a grip of myself*
dotail   *dotty (slang)*
nach robh dòigh   *that there was no way*
gam chreidsinn fhèin   *believing myself*
socair   *calm*
gur dòcha   *that perhaps*
na sàbhailteachd ud   *that sense of security*
mo mhac-meanmna   *my imagination*
ghabh mi grèim teann   *I gripped them tightly*
iuchraichean   *keys*
bha snaidhm de mhì-chinnt na mo stamag   *there was a knot of doubt in my stomach*
le measgachadh iargalt de dh'iongnadh agus uabhas   *a mixture of surpise and horror*
a bha air Curtis a chàineadh   *who had abused Curtis*
olc   *evil*
na fhianais   *in its sight*
òirleach   *inch*
gam shlaodachadh   *slowing me down*
misneachd   *confidence*
a' lachanaich   *laughing loudly*

air an èigneachadh   *raped*

cho bòg ri bobhla lit   *as soft as a bowl of porridge*

anns an t-suidheachadh eagalach   *in this terrible situation*

gleans   *glint*

gàmag   *bite, chunk*

an aon choltas   *the same look*

fuar-fhallas gam chòmhdachadh   *covered in cold sweat*

ag iarraidh gu slugadh   *wanted to swallow*

bann   *belt*

miann gal   *wanting to cry*

chùm mi grèim orm fhèin   *I kept a grip of myself*

ge bith dè dhèanadh iad orm   *whatever they did to me*

cha robh am fear beag a' deanamh steama dhen bhann   *the wee one was making no progress with the belt*

an-fhoiseil   *impatient*

air m' èigneachadh   *raped*

rinn e a' chùis   *he managed/succeeded*

teann   *tight*

droch bhruadar   *bad dream*

na fèithean agam teann 's air chrith   *my muscles taut and shaking*

aithnichidh   *I recognise*

crith   *shaking, tremor*

slàraigeadh   *slashing*

dh'fheuch am fear mòr ris an sgian a shàthadh na chliathaich   *the big one tried to stick the knife in his side*

chaill am fear mòr a chasan   *the big one lost his footing*

fhuair Curtis grèim air an làmh   *Curtis caught the hand*

air cùl a dhroma   *behind his back*

chluinnte   *was heard*

tharraing e a' ghualainn às an alt   *he pulled the arm from the socket*

le phluic ris a' bhalla   *his cheek against the wall*

stiall mùin   *a stream of urine*

le brag uamhalt eile   *another sickening snap*

a' guidheachdan fo anail   *swearing under his breath*

ged a bha Curtis air feagal a chur air   *though Curtis had frightened him*

m' anail nam uchd   *breathless*

shad   *threw*
air mo ghoirteachadh   *hurt*
cha tigeadh dùrd bhuam   *not a word came from me*
bha an fhearg air sìoladh sìos   *the anger had died down*
shocraich e   *he calmed down*
air a thighinn gu co-dhùnadh   *had come to a decision*
guirean   *pimple*
nach eil uair sam bith na thàmh   *that is never still*
air mo chorra-biod   *on tiptoes*
crùbte   *bending over*

Useful web sites

Comhairle nan Leabhraichean (Gaelic Books Council)
www.gaelicbooks.org

Bòrd na Gàidhlig (Gaelic Development Agency)
www.bord-na-gaidhlig.org.uk

Comunn na Gàidhlig (Gaelic Council)
www.cnag.org.uk

Clì Gàidhlig (21st Century Voice of Gaelic Learners)
www.cli.org.uk

My Gaelic (online magazine)
www.mygaelic.com